冰与火之歌

- 图像小说 -

A GAME OF THRONES 2

George R. R. Martin

ADAPTED BY DANIEL ABRAHAM   ART BY TOMMY PATTERSON

权力的游戏 2

[美] 乔治·R.R. 马丁 —— 著

[美] 丹尼尔·亚伯拉罕 —— 改编 [美] 汤米·帕特森 —— 绘画

屈畅 王晔 陈亦萱 —— 译

中国华侨出版社

北京

果麦文化 出品 | GUOMAI

第7话

这些螃蟹当天早上才从东海望运来，送到的时候还冷冻在冰桶里，因此特别鲜美多汁。

你真急着要走？

急不可待啊。不然我的詹姆老哥就会以为您劝说我加入黑衣军了呢。

提利昂，你生了副好头脑，长城守军很需要你这样的人。

莫尔蒙大人，为您这句话，我一定得把全国的侏儒通通找来运给您。

这兰尼斯特明明是在讽刺我们。

不是"你们"，艾里沙爵士，是你。

我看你虽然半个人的个头都不到，说起话来倒是口无遮拦。或许我们应该去院子里较量较量。有种你拿上武器，再开玩笑试试。

艾里沙爵士，这会儿我不就拿着武器嘛，虽然只是把吃螃蟹的叉子。

咱们比画比画？

HA HA HA HA 哈哈哈

HA HA

HA HA HA 哈哈哈

战利品归胜利者所有，索恩的螃蟹是我的啦。

你这样招惹我们的艾里沙爵士，就有点过了。

大人，擦亮你的眼睛吧。艾里沙·索恩爵士能做的是清理马粪，而非训练新兵。

守夜人一点也不缺马夫。这年头送来的都是这路货色。不是马夫，就是小偷或强奸犯。

提利昂，再来点酒？

你个子不大，酒量倒是不小。

用完晚餐，大家陆续离开。莫尔蒙请提利昂在火炉边坐下，递给他一杯烫过的酒，辣得他眼泪都流了下来。

司令官大人，我希望能回报您的恩情。

当然能，你姐姐贵为王后，你兄长是位伟大的骑士，你父亲更是当今七国中最有权势的领主。

请代为转告我们有多迫切地需要帮助。

守夜人部队正在逐渐凋零。如果敌人来袭，每一里长城我只能派三个人去守。

我派班扬·史塔克去找约恩·罗伊斯的儿子，他第一次出外巡逻便失踪了。这下我该派谁去找班扬呢？

我又老又疲惫，没法再挑起整个重担。然而要是我撒手不管，谁能接手？艾里沙·索恩？波文·马尔锡？若连他们的真本事都看不清，那我就跟伊蒙学士一样瞎。如今的守夜人部队成了一群沉闷的小伙子和疲惫的老头子组成的乌合之众。

除了今晚跟我同桌用餐的人，我手下能识字的人大概只有二十个，能思考、计划甚至能领导的人就更少了。

以前守夜人军团每到夏季就大兴土木，现在我们光维持现状都非常吃力。

我保证会向国王陛下禀报您的这些需求，我也会跟父亲和兄长詹姆讲。

还有些话他没说出来：国王不会理他，泰温公爵会问他是不是神智不清，詹姆则只会哈哈大笑。

小时候我就听说，长夏之后又会是漫长的冬季。这次的夏天已经过了九年，白天已经开始缩短了。

山区的人正在成群地南迁，以前从没有过这么大规模的迁徙。他们在逃跑……但是在逃些什么呢？

东海望的渔夫 看见了在岸边走动的异鬼。我拜托你，把我所说的话转告国王陛下。

入夜之后，守夜人是能够保卫王国、抵挡北方黑暗势力的唯一屏障。要是我们没有万全准备，就只能求上帝保佑了。

要是今天晚上不睡会儿，我就只能求上帝保佑了。尤伦打定主意明天一亮就动身。感谢您的盛情款待。

把话带给他们。这就是最大的感谢了。

门外寒风刺骨。

靴子踏破寒夜的覆冰，积雪在脚下嘎吱作响，他呼出的白色蒸汽，像一面移动的旗帜。

国王塔近在眼前，提利昂却从旁走了过去，放弃唾手可得的暖床，朝长城这无边的冰壁走去。

这会是他这辈子最后一次注视这世界尽头吧。明天就要启程南归，而他实在想不出有什么理由重回这冰封的不毛之地。

黑衫弟兄曾向他保证这楼梯远比看起来要坚固，但提利昂的脚痛得实在厉害，根本没法往上爬。

他走进竖井边的铁笼子，去拉系着传唤铃的绳索。他快速拉了三下。

接着是漫长的没有尽头的等待。漫长到提利昂不禁怀疑自己为何自讨苦吃。就在他几乎决定放弃这一时兴起的拜访时，铁笼猛地一晃，开始上升。

七层地狱啊，是那个矮子。

三更半夜的，你跑来这儿干啥？

来看最后一眼。

笼子慢慢往上升。起初一升一停，后来平稳了些。地面离提利昂脚底越来越远。铁笼不断摇晃，他甚至能隔着手套感觉到金属的寒意。

随便看。就是小心可别掉下去了，那样熊老会要我们的命的。

是谁？不许动！

琼恩，我要是不动，非冻死在这里不可。

兰尼斯特，想不到会在这里见到你。

你今晚在这干啥？莫非想把命根子给冻掉？

我抽到了值夜班的签。也不是第一次了。好心的艾里沙爵士要守卫长对我多加关照。

我也想不到你居然是在这个鬼地方见我。

哈啰，白灵。

那白灵会变魔术了没？

还没，但葛兰今早上已经可以和霍德一较高下，派普也不再像以前那样老是掉剑了。

我有一英里的长城要守，一起走走？

跟罗柏说我以后会当上守夜人的司令官，保护他的安全，所以他不妨开始跟着女孩子们做做针线。

想办法跟瑞肯解释我去干什么了。告诉他，我不在的时候，我所有的东西都归他了。

至于布兰嘛……

我不知该捎什么口信给布兰。

提利昂，帮帮他吧。你在我需要的时候帮过我一把。

我明天一早走。南下的时候我打算在临冬城歇脚。你要是有什么口信要我转达……

我什么也没给你，只是几句废话。

那就对布兰也讲几句吧。

我可教不了什么给他。无论教得多好，只会惨不忍睹。

但我也懂手足之情。我会尽我所能帮布兰的。

谢谢你，兰尼斯特大人。好朋友。

我的亲戚多半是些王八蛋，而你是第一个跟我做朋友的人。

我叔叔就在那儿。他们派我上来的第一个晚上，我想：班扬叔叔今晚就会回来。但他一直没有回来。

如果他不回来，我就和白灵一起去找他。

我相信你。

但是那样的话，谁又会去找你呢？他想道。

当父亲来到餐桌前时，艾莉亚从他脸色看出来，他又跟御前会议闹意见了。他最近总是来得很迟。

大人。

坐吧。

大人，外面人人都在传我们要举办一场比武大会。说全国各地的骑士都会前来，庆祝您的上任。

他们怎么不说这是我最不想见到的事？

比武大会？

父亲大人，我们可以去吗？

我必须给劳勃安排这场愚蠢的比武，然后为了他还要假装很被人尊敬。但这不意味着我让女儿们也掺和进去。

拜托嘛。我好想去看看。

老爷，弥赛拉公主会出席，而她年纪比珊莎小姐还小。

您的家人若不到场，可能有些不妥。

我想也是。珊莎，那我就给你安排个席位。

给你们两个都安排上。

我才没兴趣参加他们愚蠢的比武会呢。

这会是一场**盛况空前**的活动。本来也没人希望你参加。

够了！我已经被你们俩没完没了的争吵给烦死了。你们是亲姐妹，我希望看到你们一起的时候能像姐妹！

很抱歉，今晚我没什么胃口。

在这儿，没人跟艾莉亚说话。她也不在乎，还挺喜欢这样。她讨厌他们说话的声音，讨厌他们大笑的样子，也讨厌他们讲的故事。

他们任由王后杀死淑女，任由猎狗杀死米凯。没人站出来说一个字，更没人拔刀相助。

从前在临冬城，艾莉亚最喜欢的就是坐在父亲桌边听他谈话。父亲每天晚上请来的都是不同的人。

等等，小姐，
你要去哪里啊？

我不饿。请问
我可以先告退吗？

还不行，请你坐
下来先把盘里的
食物吃完。

要吃你自
己吃！

偌大的君临城，艾莉亚唯一喜欢的
地方就是自己的卧室。

她尤其喜欢那扇
厚重的大门。

她又想起了米凯，顿时泪水
盈眶。如果她没要他跟自己
练剑的话⋯⋯

她心想是自己的错，自己
的错，自己的错。

要是她能像布兰一样爬上爬下就好了。那样她就能爬出窗户，爬下高塔。

她就能逃离这个烂地方，远离珊莎、茉丹修女和乔佛里王子。远离他们所有人。

顺道从厨房偷吃点的，带上"缝衣针"，她那双上好的靴子，外加一件保暖的斗篷。她可以找到娜梅莉亚，然后一起回临冬城。或跑去到长城找琼恩。

艾莉亚，开门吧，我们需要谈谈。

我可以进来吗？

这把剑是谁的？

……可以……

我的。

给我。

这是杀手用的剑。我认得铸剑人的记号，这把是密肯打的。

国王的职责是管理七大王国，而女儿从我自家的武器炉中拿到武器，我却毫不知情。

这可不是小孩子玩具，女孩子家更不该碰。要是茉丹修女知道你在玩剑，她会怎么说？

我才不是**玩**剑呢！而且我恨茉丹修女！

够了！我真应该现在就用膝盖把这玩意儿折断，终止这场闹剧。

你知道剑道的第一步是什么吗？

用尖的那头去刺敌人？

呃……我想这的确是剑术的精髓。

我一直想好好学。我找了米凯陪我练剑。是我找他的。

都是我的错，是我……

别这样，我亲爱的孩子。屠夫小弟不是你害的，该为这桩血案负责的是猎狗和他残酷的女主人。

我恨他们。我恨死他们了。乔佛里骗人，事情根本就不是他讲的那样。

我也恨珊莎，她明明就记得，她故意说谎话好让乔佛里喜欢她。

谁没有说过谎呢，难道你以为我相信娜梅莉亚真的会自己跑掉？小狼从来不会主动离开你。

"她该去找其他狼玩，我们听见好多狼在叫。我叫她走，放她自由，说我不要她了。可她偏偏要跟着我，最后我才不得不丢石头赶她。"

我觉得好羞愧，但这样做是正确的对不对？不然王后会杀她的。

你做得没错，有时谎言也……并非不光荣。

艾莉亚，坐下来。有些事我要试着跟你解释清楚。

你年纪还太小，本不该让你分担我所有的忧虑。但你是临冬城史塔克家族的一份子，你也知道我们的族语。

凛冬将至。

当大雪降下，冷风吹起，独行狼死，群聚狼生。

假如你真要恨，就恨那些会真正伤害我们的人。茉丹修女是个好女人，而珊莎再怎么说也是你姐姐。你需要她，她也同样需要你。

我不恨珊莎。不是真的恨她。

孩子，我们来到了一个黑暗危险的地方。不能再任性胡为、乱跑和不听话……该是你长大的时候了。

给。拿去，这是你的了。

我可以吗？真的吗？

真的。

只要无论你多生气，都不拿剑刺你姐姐就好。

第二天早上，她向茉丹修女道歉，并请她原谅。

三天后的中午，父亲的管家带她去了小厅。

从明天起你正午就必须到。

小子，你迟到了。

他说话带着口音，像是自由贸易城邦那种抑扬顿挫的腔调，可能是布拉佛斯，或是密尔。

你是谁？

我是你的舞蹈老师。

从明天起，你得接住它。

这不是需要双手拿的巨剑。你只准用单手。

左手最好。这样跟敌人是反着的，他们就会很不习惯。

别握得这么紧。

剑掉了怎么办？

你的手会掉吗？西利欧·佛瑞尔，在布拉佛斯海王手下干了九年的首席剑士。听他的话，小子。

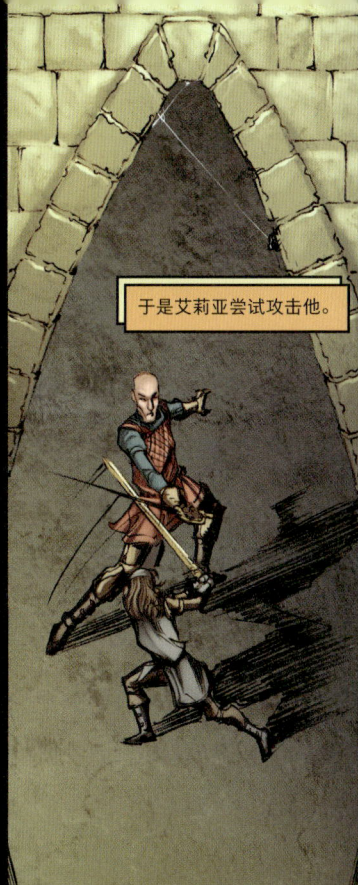

瑞肯在下方的庭院里与狼一同奔跑嬉闹。布兰可以听见弟弟气喘吁吁的笑声。他也好想下去，好想笑闹跑跳。

梦中的乌鸦说他可以飞。但他不能飞，他连跑都做不到。

都是骗人的。

想到这些，他就觉得眼睛刺痛，赶紧在眼泪掉下以前用指节抹掉。

乌鸦本来就很会说谎。

我知道一个乌鸦的故事。

我不要再听故事了，我恨你那些蠢故事。

我的故事？不对，我的小少爷，不是我的。这些故事早在你出生之前就已经存在了。

没人知道她究竟有多老，父亲说他小时候大家就已叫她老奶妈了。她的儿女们早已离开或死去，如今她的血脉只剩下阿多，就是那个头脑简单，在马房里工作的巨人。

我才不管是谁的故事。我就是讨厌。

我知道有个故事是在讲讨厌听故事的小男孩。

我来说说筑城者布兰登的故事吧，你最喜欢这个故事了。

几千年以前，筑城者布兰登兴建了临冬城，有人说绝境长城也是他建造的。这从来不是布兰最喜欢的故事。喜欢它的，或许是另一个叫布兰登的孩子。

有时候老奶妈会误以为布兰是另一个布兰登：他的祖父瑞卡德公爵的兄弟，或是那个早在布兰出生以前就被疯王所害的布兰登伯伯。所有叫布兰登·史塔克的，在她脑子里都变成了同一个人。

我最喜欢的才不是这个，我喜欢那些恐怖的。

噢，我亲爱的孩子啊，你出生在夏季，哪里懂得什么恐怖？

你说的是异鬼吗？

是啊。几千年前，一个出奇寒冷严酷的漫长冬季降临人间，今天的人类不再有记忆。那是一个持续了整整一代人的长夜。

冬天才叫真正的恐怖。当冬天来临，长夜漫漫，终年不见天日，小孩在黑夜里降生、长大、死亡，还有异鬼穿梭在林间。

城堡中的国王和茅屋里的猪倌都同样在瑟瑟发抖中死去。母亲们宁可捂死自己的孩子，也不愿见他们挨饿受冻，她们的眼泪冻结在脸颊上。

"在一片黑暗中，异鬼第一次降临人间，他们是冰冷与死亡的怪兽，痛恨钢铁、烈火和阳光，还有所有流着温热血液的生命。"

"那时还没有安达尔人来统治七国，只有先民从森林之子手中夺得土地。然而森林之子依旧蛰居在他们的树上城镇和空山幽谷里。"

"他们率领死人组成的军队，横扫城堡、城市和王国。他们在结冰的森林里追捕少女，用人类婴儿的肉来饲养手下的死灵仆役。"

"而心树注视着这一切。"

"所以当大地充斥了寒冷与死亡时，最后的英雄决定去寻找这些森林的儿女，希望他们的远古魔法能战胜这股人类军队无法抵挡的力量。他带上一把剑，一匹马，一条犬，还有一群同伴，就朝这片死亡之地启程了。"

"经过多年的苦苦追寻，他始终没有找到那些藏身在他们秘密城市的森林之子。他绝望了。"

"他的朋友一个接一个地死去。他的战马也死了。最后连他的爱犬也死了。"

"就连他的宝剑也被冻结成冰，一碰就断掉了。"

"异鬼嗅到了他体内温热的血液。"

"他们追踪他的足迹，带了一群体型大如猎狗一般的白蜘蛛悄悄逼近……"

BANG 砰

阿多！

我们有访客。而你必须出席，布兰。是提利昂·兰尼斯特和几位守夜人弟兄。

我正听故事哪。

小少爷，故事可以等下再听。客人可没这么有耐心哟，而且他们常会带来自己的故事呢。

只要是守夜人的弟兄，我们都欢迎，各位在临冬城想住多久就住多久。

兰尼斯特，我父母不在的时候，我就是城主。

我不是什么小子。

只要是守夜人的弟兄，所以我不算啰。

你就这意思，小子？

你要当城主，好歹也该懂点儿城主应有的礼貌。我看，你爹把所有的礼貌都留给你那私生子老弟了。

琼恩！

看来这孩子果真活下来了。

你们史塔克的命还真硬。

这点你们兰尼斯特最好牢牢记住。

阿多，把我弟弟带过来。

兰尼斯特，你说有话要对布兰讲。他人就在这儿呢。

我听说你很能爬上爬下。

告诉我，你那天怎么会摔下去的？

这孩子完全不记得摔下去的事，也不记得之前是怎么爬的。

有意思。

我从来没有……

我弟弟可不是来接受盘查的。

把要说的说完，然后赶紧离开。

我有件礼物要送你。

小子，你喜欢骑马吗？

大人，这孩子的腿已经不能用了，他没办法骑马啊。

胡说。只要有合适的马匹和鞍具，就算残废也能骑。

我不是残废！

那我也不是侏儒啰。老爸听了不知会有多高兴。

从一匹从未参加过训练的一岁小马开始。把这个交给你们的马鞍师傅就行了。

大人您画得很清楚。没错，这应该行得通。

我早该想到的。

我真能骑马吗?

没问题。而且我向你保证,小子,骑在马上,你跟别人一样高。

你耍什么把戏?布兰跟你有什么关系?你为什么要帮他?

是你琼恩老弟求我的。而就我自己来说,特别同情残废、私生子和各种有缺陷的东西。

SRRR GRR GRR

兰尼斯特,看来这几只狼不太喜欢你的味道呢。

或许我该走了。

这些狼……

我不懂他们为什么会这样……

住手！夏天，到这边来！

我的袖子破了，裤子里面湿得一塌糊涂，但总算没缺胳膊断腿，所以没丢什么尊严。小骑士，感谢您把他们叫开。

我……我想我是对你有些怠慢了。

您帮了布兰一个大忙。如果您愿意的话，就让临冬城款待您吧。

小子，用不着假惺惺。你不喜欢我，也不希望我待在这儿。

尤伦，我们天一亮就往南走，你一定可以在路上找到我的。

在梦中，布兰又开始爬了。他在沿着一座年代久远且没有窗户的塔往上爬。

当他停下来向下看去，地面离他有千里之遥，而他根本不会飞。

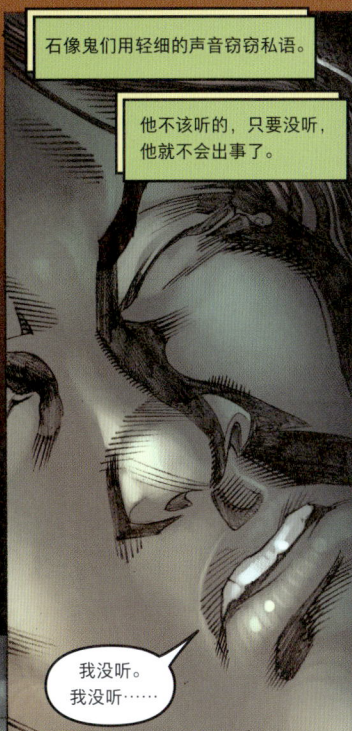

石像鬼们用轻细的声音窃窃私语。

他不该听的，只要没听，他就不会出事了。

我没听。
我没听……

我没听！

阿多。

第8话

大人，艾林公爵的死对我们是个沉重的打击。我自然很乐意告诉您他过世的情形。

您要不要吃些点心？加过蜂蜜的冰牛奶怎么样？大热天里喝这个正合适。

那就谢谢您了。

好孩子，帮首相大人和我各弄一杯冰牛奶。

老百姓说夏天的最后一年是最热的年头。每到这种天气，我就羡慕你们北方人还有夏雪。

梅卡那时的夏天就比现在还热，持续时间也差不多。

有些傻瓜还以为永夏终于到了。

但紧接着的是一个短短的秋天，和一个漫长得可怕的冬季。

我们说到哪儿了？哦，您问起艾林大人……

好孩子，谢谢你，你下去吧。

是的。

说实话，前首相大人之前就常常心神不宁。他儿子身体孱弱，夫人为此忧心忡忡，几乎不敢让他离开自己的视线。如果他有些忧郁的话，也不足为奇。

他生了什么病？

有一天他来找我要本书，身子骨和平时一样，硬朗得没话说。隔天早晨，他却病得连床也起不来了。

琼恩大人之后越来越虚弱，我亲自出马，只是诸神不肯赐予我救他的力量。

他病危时跟您说过些什么？

在他发烧的最后时间里，首相大人多次高呼"劳勃"这个名字。但他是叫他的爱子还是国王陛下，我不知道。

国王陛下的确来过，还在病床边坐了好长时间。

没有别的吗？没有遗言？

他在合眼之前，向夫人和国王陛下说了句为爱子祈福的话。他说"种姓强韧"。

后来没再开口。

您确信琼恩·艾林死于突发性疾病？

是的。若不是疾病，我的好大人，还会是什么呢？

毒药。

大人，我认为这种可能性非常之小。随便一个乡野学士都能看出常见的中毒症状，艾林大人却没有任何类似迹象。

更何况人人都爱戴首相大人，怎么会有禽兽胆敢毒害如此高贵的好人呢？

我倒听说毒药是女人的武器。

女人、懦夫……还有太监。

您可知道，瓦里斯伯爵原本是里斯的奴隶？

艾林大人临终时国王在他床边。王后在吗？

不在。当时她正带着公主和王子们，陪着她父亲泰温大人，前往凯岩城。

我对琼恩生病前天跟您借的那本书很好奇，想看一看。

恐怕您会觉得很无趣。那是一本大部头，里面讲的全是各大家族的历代谱系。不过如果您想看，我让人送到您的房间去。

谢谢您的帮助，只怕我已经占用您太多时间了。

艾德大人，有什么事请尽管来找我，我随时听候差遣。

奈德心想，是啊，不过听候谁的差遣呢？

天气的确很热，奈德的丝质外衣贴紧前胸。空气沉重而潮湿，像条湿羊毛毯般盖着整个城市。

穷人纷纷逃离他们闷热又窒息的住所，想在河畔抢个位子歇息，只有那里才有些许微风。结果河边变得拥挤不堪。

就连首相塔里也不得清闲。

艾莉亚，你这是在做什么？

西利欧说水舞者可以用一只脚趾头站好几个小时。

哪只脚趾头？

随便哪一只。

你非站在这里不可吗？又高又陡，跌下去可不好玩。

西利欧说水舞者绝不会跌倒。

爸爸，布兰现在会来跟我们一起住了吗？

恐怕要等一段时间，小宝贝。他得先恢复体力才行。现在，我们知道他活着就已经很好了。

他以前想当御林铁卫的骑士。他还能当骑士吗？

不行。

他也许能成为一位大领主，成为国王的重臣。他可能会盖城堡，可能会乘船横渡日落之海，或者当上总主教。

然而他再也不能和他的狼一起奔驰了，他想。他感到无比沉痛，无法言喻。

他再也无法和女人同床共枕，或者抱着自己亲生孩子了。

那我可以当国王的重臣，盖城堡，当大主教吗？

你会嫁给某个国王，管理他的城堡。你的儿子们则会当上骑士和领主，或许也能当上大主教。

不要，

珊莎才会那样。

老爷，贝里席大人
在书房，他有事
求见。

我马上就来。

老赛尔弥的脑袋要是跟他
的剑一样灵光就好了，那
样我们开会就会
有趣很多。

巴利斯坦爵士的武勇和
操守，不输给君临城的
任何人。

他的死气沉沉也同样不输任何
人。不过我敢说他在比武大
会上应该还能大展身手，
距离他上次摘下冠军
也不过四年。

培提尔大人，您这次来访有什
么事，还是仅仅想来欣赏我窗
边景致？

我答应了凯特会
帮你调查，而我
说到做到。

你查到了什么事？

我查到的是人，不是事。

事实上，
是四个人。

怎么了？

那儿。广场对面，兵器库门口，您看见一个蹲在楼梯上的小子没？

"他是瓦里斯的眼线。'蜘蛛'对您的一举一动都很有兴趣。"

"现在顺着城墙，看看西边的远处。看见那个靠在墙上的人了吗？这家伙是王后的人，负责盯着这座塔的门，谁来见您他都一清二楚。"

简直是七层地狱啊。难道这该死的城里每个人都是别人的眼线？

那倒不至于。不过他们得监视我、你、国王……王后已经知道得太多了。我想也有一些你的事情。

聪明的回答是"没有"，大人。不过既然说了就算了。

你手下可有让你完全、彻底地信任的人？

有。

您得派这位模范部下去找修夫爵士和其他人。就连瓦里斯也没法每时每刻盯住你的每一位手下。

培提尔大人……

我……很感激你的帮助。或许之前我不应该不信任你。

艾德大人，您不是很长记性。

不信任我，是你跳下马背以来所做过的最明智的事。

两脚要张开一点，出手的时候身体旋转，把全部的重心放在剑上。

诸神在上。琼恩，你快瞧瞧。

他……他们叫我来这边……受训。

看来这年头南方连盗猎者和小偷都人手短缺，这会儿倒把猪送来防守长城啦。

霍德，试试猪头爵士有多厉害。

这下有人要倒大霉了。

CRACK

我投降！别打了，不要打我。

猪头爵士，给我起来，把剑捡起来。

霍德，拿剑面拍他，直到他爬起来为止。

你该不会就这点力气吧？

给我们切块火腿啃！

霍德，够了。你看看他，他已经投降了。

他投降了。

这个野种打算为他心爱的小姐而战，所以我们得配合他好好打一场。

小老鼠、雀斑男，你们跟大笨头一边。你们三个人应该够猪小姐受的了。

艾里沙爵士常叫两人打他一个，但从来没有三对一。他今晚上床肯定会伤痕累累的。

我想三打二应该会更精彩。

三打三。

你们还等什么？

躲在我背后。

要了解自己的敌人，罗德利克爵士曾经这么教他。霍德壮得惊人，但缺乏耐心，向来不习惯防守。

只要想办法激怒他，他就
会露出破绽，败下阵来。

CLANG
哐当

投降！
我投降。

你们这些小鬼要把戏也耍得太久了，今天就到此为止。

雪诺，刚才有那么一会儿，我想我逮到你的破绽了。

嗯是的，有那么一会儿。

受伤了吗？

也不是第一次了。

我叫山姆威尔·塔利，来自角……我的意思是……我以前是角陵人。我父亲是蓝道伯爵。

如果你愿意的话，可以叫我山姆。

刚才你怎么不站起来反击啊？

我也想，真的，可我……做不到。

我……我猜我是窝囊废一个，我父亲常这么说。

你受伤了。明天你就会进步的。

不会的。我永远都不会进步。

黑城堡的生活有种固定的规律：早上练剑，下午干活。黑衫弟兄给新兵们各种不同的差事，来判断他们适合做什么。

那天下午，他奉守卫长之命，带着四桶刚压碎的小石子，前往升降铁笼，负责把碎石铺在长城上面结冰的走道上。

琼恩发现自己并不介意这样的安排。他可以在这里静静思考，而他发觉自己想起了山姆威尔·塔利……奇怪的是，还有提利昂·兰尼斯特。

侏儒曾对他说：大部分的人更愿意否认一个残酷的真相，而不是去面对它。

这个世界有太多逞英雄的胆小鬼，能像山姆威尔·塔利这样承认怯懦，还真需要点古怪的勇气。

他的肩膀还在痛，也因此拖慢了工作进度。直到夜幕降临，琼恩才拉铃让守卫放他下去。

那是狼？

是冰原狼。冰原狼是我父亲的家徽。

我们家的家徽上画的是一个正在走路的猎人。我讨厌打猎。

我们出去吧。你看到长城了吗？

我胖虽胖，眼睛可没瞎。我当然看见了，它有七百英尺高呢。

我真没想到是这样，所有的房子都破败不堪。在上个月之前，我从来都没有见过雪。

他们会逼我上去吗？我讨厌高的地方。

我真搞不懂，假如你真这么胆小，那你干吗来这儿？

山姆的大圆脸似乎马上就垮了下去。他哭了起来，猛地开始抽泣，整个身体都在颤抖。

还是白灵聪明。这位胖老兄惊叫了一声，吓了一跳……然后他的抽泣变成了大笑。

琼恩依然没有说话。过了一会儿，山姆威尔·塔利开口了。

琼恩只能站在一边看着。山姆的眼泪好像永远也不会停似的。

塔利家族历史悠久，声名显赫。山姆威尔生来就继承了富饶的领地、坚固的堡垒和一把传奇巨剑。这把剑名"碎心"，是用瓦雷利亚钢打造而成，父子代代相传，已有近五百年之久。

然而不论山姆诞生时，蓝道·塔利对这位儿子感到有多骄傲，这种骄傲都已经随着他日渐长大，变得肥胖、柔弱又脾气古怪，而全部烟消云散。

山姆喜欢听音乐，喜欢穿柔软的天鹅绒，喜欢跟在城堡厨房的师傅身边玩。而他见了血就反胃。

角陵的教头来了又去，前前后后换了有一打，都试着把他变成父亲所期望的骁勇骑士。他受过骂，挨过棍，尝过耳光也熬过饿。

在接连生出三个女儿后，塔利夫人终于为伯爵产下第二个儿子。狄肯是一个强壮而充满活力的孩子。于是山姆威尔从此陪着他的音乐和书本过了几年平静的日子。

从魁尔斯来的男巫保证说他们的巫术能让山姆变得勇敢，结果只让他感到恶心想吐。蓝道伯爵让男巫们吃了顿鞭子。

一天清晨，他醒来后，发现自己的马已经备好了鞍，三个侍卫护送他来到角陵附近的一座森林里。来见他的父亲。

"你没给我什么借口，所以我不能将你除名。"蓝道·塔利伯爵说，"但我也不会把该由狄肯继承的领地和封号交给你。"

他给了山姆两个选择。穿上黑衣，放弃一切继承权；或者听从父亲的号令，进行一次狩猎。

山姆的马将在林中某处跌倒，他自己则会飞出马鞍摔死……至少蓝道伯爵会这么告诉山姆的母亲。

山姆用种平静而死板的声音说着故事，仿佛这事发生在别人而不是自己的身上。奇怪的是，他说着说着竟然就不哭了。

他明天还会逼我打架，对吧？

没错。

那我想办法睡一会儿好了。

你跑哪儿去啦？

跟山姆聊天。

他实在窝囊透顶。吃晚饭的时候，他甚至不敢过来跟我们一起坐。

火腿大人大概觉得自己太尊贵了，不能跟我们这种人同桌用饭。

你们看看他吃猪肉饼的样子，简直就是在跟兄弟叙旧。

够了！

听我说……

琼恩平静地告诉他们该怎么做。他跟他们讲道理，或者循循善诱，或者利用他们的自尊心，甚至在需要的时候也做必要的威胁。总之，他想尽办法劝说大家。

最后所有人都愿意照他的话去做。除了雷斯特。

你们要这么怂就请便，但要是索恩叫我跟猪小姐打，我可是会好好切他一大块火腿下来。

呃？

记住，我们知道你睡在哪儿。

从那天起，不论是雷斯特或其他人，谁都不会伤害山姆威尔·塔利。艾里沙爵士气得半死，出言胁迫，骂他们是懦夫、娘娘腔，什么难听的话都出了口，但依旧没人动山姆半根汗毛。

过了两个星期，他鼓起勇气加入了大家的谈话，很快就跟其他人一样，被派普的鬼脸逗得哈哈大笑，然后开起葛兰的玩笑来。

我不知道你做了什么，但我知道是你做的。

我从来没有过朋友。

我们不是朋友。

我们是兄弟。

还好我二哥史坦尼斯不在。记不记得那次他提议查禁妓院？

结果国王问他说要不要顺便连吃饭、拉屎、呼吸也统统禁了算了。

关于妓女的事，我今天也听够了。到此为止。

红堡里的御前会议和首相的比武大会让他满心不耐。而且不止这些。

《七国主要贵族世家谱系与历史(内附关于诸多勋爵、夫人及他们子女的描述)》

派席尔说得没错，这东西还真是枯燥乏味。但琼恩·艾林还是找来读了。

在这些泛黄又脆弱的书页间，肯定藏着重要的真相。但究竟是什么呢？

老爷？

乔里，我答应从我的卫队里抽二十个人给都城守卫队，直到比武大会结束。挑人的事就交给你。

找到那个马僮了吗？

大人，这个人现在做了都城守卫，他发誓这辈子再也不碰马了。他说自己很了解艾林大人，首相常常带胡萝卜和苹果给他的马儿吃。

这个男孩已经是小指头所说那四人中最后的一个了。修夫爵士脾气火爆，不肯多说。厨房小妹乐于和人交谈，但她说琼恩大人读书读过头了。

那个跑堂小弟知道一堆厨房里的闲话：艾林大人请人打造了一套全新的铠甲。国王的亲弟弟史坦尼斯·拜拉席恩亲自帮忙设计的。

胡萝卜和苹果。这守卫有没有提到什么值得留意的事？

他说艾林大人常跟史坦尼斯大人外出骑马。有一次还去了妓院。

御前首相和史坦尼斯·拜拉席恩一起去妓院？

哪家妓院？

那个小伙子也不知道，但那些侍卫应该知道。

只可惜莱莎把他们都带回艾林谷去了。每一个可能知道琼恩·艾林的真相的人都在千里之外。

我觉得你可以准备去拜访那些妓院了。

大人，这是苦差事啊。

或许史坦尼斯大人会回来参加劳勃的比武大会。

那可就真是诸神眷顾了，大人。

换句话说，就是不太可能。

又是史坦尼斯。这就怪了。琼恩·艾林和他固然礼尚往来，却绝不友好。

当劳勃骑马北上到访临冬城时，史坦尼斯躲回了龙石岛——那座他以哥哥的名义，从坦格利安家族手中夺来的海岛要塞。

快帮首相大人倒酒。

大人，我叫托布·莫特，您请坐，把这里当自己的家就好。

如果您需要在首相比武大会上穿的新铠甲，那您可来对地方了。您想要把好剑？我小时候在科霍尔当过学徒，学过打造瓦雷利亚钢的技术，知道怎么让武器焕然一新。

你是不是帮艾林大人打了套铠甲？

首相大人他是找过我，跟史坦尼斯大人一起来的。可惜我没那个荣幸，不曾有机会为他们效劳。

他们只说要见见那孩子。

他根本不知道那孩子是谁。但如果艾林大人和史坦尼斯是为了他而来……

我也想见见那孩子。

热气喷涌而出，奈德觉得自己仿佛是走进了火龙的口中。

这是詹德利，年轻力壮，干活也勤快。

小子，让首相大人瞧瞧你打的那顶头盔吧。

做得很好，不知道你愿不愿意卖给我？

我做给自己的。不卖。

大人，真是千万个对不起。这小子倔得跟生铁似的。

他又没做错事，没什么好对不起的。

詹德利，艾林大人来看你时，你们都说了些什么？

他问了些我妈妈的事。问她是谁，长得怎么样，这些。

我还小的时候她就死了。她的头发是黄色的，有时会唱歌给我听。她在酒馆里做事。

接着干活吧，小伙子。抱歉打扰你。

是了，艾德心想：我知道了。

你很清楚这孩子是谁。

这孩子是我的学徒。至于他来我这儿以前是谁，那不干我的事。

哪天要是詹德利不想继续铸剑，而是想要用剑的话，叫他来找我。在那之前，我谢谢你照顾他。

大人。

老爷，您查出什么了吗？

是的。

但他还是想不明白，琼恩·艾林找国王的私生子做什么？

到底什么事，值得他连命都赔上？

夫人，您还是把
头包住。不然会
着凉的。

罗德利克爵士，淋点
雨没什么大不了。

我全身都湿透了，
湿到骨子里去了。

前面路口有家
旅馆。

凯特琳都快要忘了南方的雨是多么柔软和温暖。北境
的雨寒冷无情，不仅是小孩，连成人遇上了也得纷纷
躲避。

有旅馆当然好。只要……
不过我们最好还是别冒
险。为了免得被人认出
来，我们还是……

有马队！夫人，
拉紧缰绳。

是杰森·梅利斯特伯爵和他的部下，他的儿子派崔克在
他身边。她上次见到他还是在她叔叔的婚宴上，当时他
不停在说笑。梅利斯特家族是徒利家族的封臣。

他向她简单地点头致意，但那只是贵族老爷路遇
陌生人时的基本礼貌。那双凶狠的眼睛并没有认
出她来。

梅利斯特大人
竟没认出您。

他只看到两个又湿又累，溅满
泥浆的旅客，绝想不到其中一
个会是他主子的女儿。

我想我们就算进了
旅馆也会很安全的。

还剩楼上两间客房，别的没了。两间都在钟塔下。我们差不多客满了。如果不要，就请两位继续上路吧。

把鞋子留在这儿，伙计等下会刷干净。

夫人，如果今晚我们想吃点东西，最好快下去。去晚了恐怕就没得吃了。

那就这样办，夫人……

乖女儿。

我们可以不以爵士、夫人相称，而是扮作普通的旅客，这样或许比较安全。比如我们是父女关系，出门探亲？

好心人，七神保佑你们。你们是打算去君临的比武大会吗？

我叫马瑞里安。想必你们在别的地方看过我表演？我这嗓子生来就是要唱歌给国王和大人听的。

看得出来。

据说徒利公爵爱听音乐，想必你一定到过奔流城吧？

去过不知多少次了。他们专门给我备了一间客房，我和他家少爷熟得跟哥们儿一样。

凯特琳不知艾德慕听了会怎么想。她弟弟自从喜欢的女孩子被一个歌手给睡了之后，就恨上了这个行业。

那临冬城呢？你去过北方吗？

我去那儿做什么？那里冰雪满天飞，出个门都裹着厚厚的熊皮衣服，而且史塔克家的人哪懂什么音乐，他们只爱听狼嚎。

老板，找个人帮我们喂马，我们家兰尼斯特大人要一个房间。

大人，真对不住，可我们这儿真的客满了。

我手下睡马厩就好，至于我嘛，也不需要太大的房间。

大人，不嫌弃的话，就住我的房间吧。

这是个聪明人。

你们能拿出什么来，我的手下就吃什么。帮我烤只鸟，再来一壶你最好的葡萄酒。

兰尼斯特大人！让我为您唱一首歌颂令尊大人君临大捷的歌吧！

那我今天的晚饭就要被你毁掉了。不过……

史塔克夫人？好个意外的惊喜。

很遗憾没能在临冬城见到您。

史塔克夫人？

我上次来这里时，还是徒利家的凯特琳。

坐在角落那位爵士，您外衣上绣的可是赫伦堡的黑蝙蝠？

是的，夫人。

红色骏马纹章向来受奔流城欢迎。家父将裴诺斯·布雷肯伯爵视为他最忠诚的封臣之一。

我们家大人感激令尊的信任。

我羡慕令尊有这么多好朋友。但史塔克夫人，我不明白您这么做有什么目的……

佛雷家的双塔标志我也很熟悉。爵士们，不知你们家主人近来可好？

夫人，瓦德大人他很好。他打算在九十岁命名日那天迎娶一位新夫人。

此人以客人的身份来到我家，意图谋害我的儿子。

以劳勃国王和诸位侍奉的贵族大人之名，我请求你们将他绳之以法，并协助我将他送去临冬城，听候国王的发落。

一时间，凯特琳不知道究竟是十几支长剑齐声出鞘的声音比较悦耳，还是当下提利昂·兰尼斯特脸上的表情更让人痛快。

珊莎跟茉丹修女和珍妮·普尔一起，出席了首相的比武大会。

她们看着**千百首**歌谣里唱到的英雄们此刻就在眼前，一个比一个英姿焕发。

"弑君者"战绩辉煌。他如骑马表演般轻取了安达·罗伊斯爵士和边疆地的布莱斯·卡伦伯爵,接着又与巴利斯坦·赛尔弥展开激战。

蓝礼爵士则输给了猎狗,他被狠狠击中,几乎是从战马上飞了下去。他的头"咣"的一声砸在了地上,引得观众倒抽一口凉气,还好只是压断了头盔上的一根金鹿角。

稍后,一位穿格纹披风的雇佣骑士杀了贝里·唐德利恩的坐骑,不光彩地被判出局。贝里伯爵换了匹马,随即被密尔的武僧索罗斯打了下来。

艾伦·桑塔加爵士和罗索·布伦交手三次都难分伯仲。艾伦爵士后来被杰森·梅利斯特伯爵击败,布伦则输给了约恩·罗伊斯的年轻儿子罗拔。

070

当天最恐怖的事发生在格雷果·克里冈爵士第二次出场时。只见他的长枪上翘，正中一名来自艾林谷的年轻骑士的护喉甲下。

这是珊莎第一次目睹别人丧命。她觉得自己应该哭的，但眼泪就是掉不下来。

她跟自己说，要是换成乔里或罗德利克爵士，或者是父亲的话，就不会这样了。而这个从艾林谷来的陌生人跟她毫无关系。

现在全世界将永远地遗忘他的名字。不会有人谱曲歌颂他了。

最后场内只剩下四人：猎狗和他的怪物哥哥格雷果，弑君者——

以及有"百花骑士"之称洛拉斯·提利尔。

每次得胜，洛拉斯爵士便会摘下头盔，在围栏边慢速骑行，然后拿出一朵白玫瑰，抛给群众里的某位美丽姑娘。

当他的白马停在她面前时，她只觉自己的心房都快要炸开。

亲爱的小姐，再伟大的胜利也不及您一半美丽。

当天他最后一场决斗对上了罗伊斯兄弟里的弟弟。然而珊莎的视线全聚集在洛拉斯爵士身上。

他给其他女孩的是白玫瑰。

她深吸玫瑰甜美的香气，直到洛拉斯爵士策马离开了许久，她还紧握着它不放。

你一定是徒利家的女儿。你有徒利家的容貌。

我是珊莎·史塔克。大人，我还没有认识您的荣幸。

好孩子，这是培提尔·贝里席伯爵，御前会议的重臣。

令堂曾是我心目中最美的王后。

你有跟她一样的头发。

这时月亮早已升起，于是国王宣布最后三场比试将等到明天早上，在团体比武前举行。群众渐渐散去，廷臣要员们则前往河边用餐。

自之前那件可怕的事件后，乔佛里王子一句话都没跟她说过，她也不敢开口。

起初因为他们杀了淑女，珊莎以为自己恨他，然而等眼泪流干之后，她又告诉自己，真正的错不在乔佛里。

错的是王后，王后才是她该怨的人。王后和艾莉亚。

如果不是因为艾莉亚，就什么事都不会发生了。

亲爱的小姐，洛拉斯爵士眼光很好，知道谁才是真正的美人。

他对我太好了。洛拉斯爵士是位真正的骑士。

大人，您觉得他明天会获胜吗？

不会。

我的狗会收拾他，不然我舅舅詹姆也会。

再过几年，等我可以进场，我会把他们全收拾掉。

侍者不停斟酒，整个晚上，杯子从未空过。但珊莎根本不需要喝酒，她已经陶醉在了今夜的魔力下，被迷得头晕目眩。

看一道道送上端下，有浓稠的麦鹿肉汤、香草李子沙拉，还蜂蜜大蒜煮蜗牛。而乔佛里，是时刻都显得彬彬有礼。

给我闭嘴！

臭女人，休想管我做这做那，我才是这里的国王，你懂不懂？

这里是老子当家，老子说明天要打，就是要打！

哈！好个伟大的骑士！

老子还是有办法叫你吃苦头。给老子记清楚，弑君者！

是的，国王陛下。

时候不早了，要不要送您回城堡去？

不用。我的意思是说……好吧，谢谢。我很高兴有人保护。

狗来！

王子殿下有何吩咐？

带我未婚妻回城去，小心别让她受伤。

你以为小乔会亲自送你回去？

不太可能。

走吧，不只是你需要睡觉。我也喝多了，明天还要打起精神宰掉我老哥呢。

桑铎爵士……你今天的表现英勇极了。

小妹妹，别叫我爵士。我不是骑士。

我瞧不起他们和他们的狗屁誓言。

我老哥是骑士，你今天看到他出场了吧？

是的，他很……

很英勇？

没人挡得住他。

我看这修女把你训练得不错。你跟那种盛夏群岛来的小鸟没差别。人家教你什么漂亮话你就照着念。

这样说太不厚道了。

没人挡得住他。这话倒不假。今天那小伙子，第二次出场时打的那个你也看见了吧？

他的护喉根本就没绑好。你以为格雷果爵的长枪是不小心往上抬的，是吗？

格雷果的枪想刺哪里就刺哪里。

看着我。

看着我!

没漂亮话说啦,小妹妹?修女没教你怎么赞美啊?

你爱看漂亮东西是吗?就好好看着我的脸。你知你特别想看。国王大道上你一路都故意躲着它。

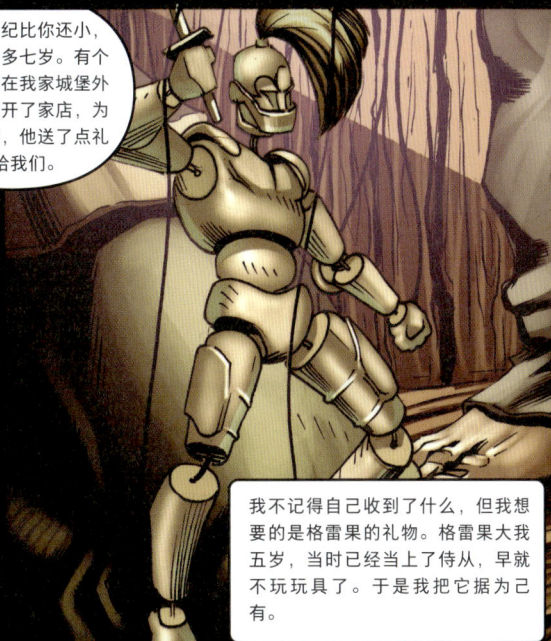

大多数人以为这是打仗来的。比如一场围城战,一座燃烧的攻城塔,或者是一个拿火把的敌人给我留下的。还有个白痴问我是不是被龙息喷到。

当时我年纪比你还小,六岁,最多七岁。有个木雕师傅在我家城堡外的村落里开了家店,为讨好我爸,他送了点礼物给我们。

我不记得自己收到了什么,但我想要的是格雷果的礼物。格雷果大我五岁,当时已经当上了侍从,早就不玩玩具了。于是我把它据为己有。

但我告诉你，偷来之后我一点都不快乐，我只是怕得要命。没过多久，果真被他发现。

"只有被烧过的人才知道地狱是什么模样。"

"最后靠了三个成年人才把他从我身上拉开。"

我父亲对别人说是我的床单着了火，然后我们家师傅给我抹了油膏。

格雷果也抹了油膏。

"四年之后他们为他涂抹七神圣油，他跟着背诵了骑士的誓词，雷加·坦格利安拍拍他的肩膀，说'起来吧，格雷果爵士'。"

修夫在琼恩·艾林身边当了四年的侍从。为了纪念琼恩，国王封他做了骑士。只可惜他恐怕还没准备好。

艾德不知道这男孩是否因为自己才丢了性命。两人还来不及谈谈，他便死于兰尼斯特封臣的枪下。这真的只是巧合？

我们不也一样？

没准备好当骑士？

没准备好面对死亡。

他根本不该因此送命。一场游戏不应该成为战争。

不过国王还打算今天参加团体比武。

乔里昨天夜里把他叫醒，向他通报了这个消息，难怪他睡不好。

俗话说醉时说的胡话，醒了就不算数。

话是这么说，但对劳勃没用。

七层地狱啊，蓝塞尔！难道非得我全部亲自动手不可？

国王陛下，这铠甲太小，穿不上的。

奈德，快瞧瞧这些笨蛋！我老婆坚持要我收他们当侍从。

这算哪门子侍从，这叫穿了衣服的猪头。

这不是他们的错。劳勃，是你太胖了，才穿不下自己的铠甲。

太胖？

太胖，是吗？你对国王是这样讲话的吗？

去你的，奈德，为什么你说的永远都没错？

你们听见首相说的话了吗？去把撑胸甲的钳子拿来。快去啊！还等**什么**？

听说您昨晚和王后闹不愉快了？

那死女人想阻止我参加今天的团体比武。

你妹妹绝不会这样羞辱我。

劳勃，你对莱安娜的了解没我深。你只见到她的美貌，却不知道她真正的硬脾气。

倘若她还活着，她会告诉你，你绝对不应该参加团体比武。

怎么你也来这套？史塔克，你这家伙真讨厌。

陛下，国王加入团体比武并不恰当，这样比赛就不公平了。试问谁敢对您动手呢？

奈德立刻发现赛尔弥点到了关键。要是强调比武的危险，只会更刺激劳勃，而这样说就事关他的自尊。

为什么不敢？谁都可以啊。只要他们有那个能耐。反正最后站着的……

一定会是您。

七国上下绝没有人敢冒险伤害你。

你的意思是那些没用的胆小鬼会**故意让我赢**？

可想而知。

出去！免得我宰了你。

奈德，你不用走。

去你的，奈德·史塔克。你和琼恩·艾林，我这么爱你们，结果你们把我推上了王座。

你看看我当了国王之后变成什么样子？我竟然胖得穿不下自己的铠甲，怎么会搞成这样？

我跟你发誓，我这辈子再没有比在战场厮杀、赢得王位那时候更快活的了，也不会有什么时候比现在得了王位之后更死气沉沉。

至于瑟曦，长得是很标致，但**冷冰冰**的。

奈德，你女儿的事我很抱歉。就是狼的那件事。我儿子在撒谎，我敢拿我的灵魂打赌……

我不止一次想要放弃王位，带着我的马和战锤，坐船到自由贸易城邦去。你知道我为什么没有真那样干吗？就因为我想到那样乔佛里就会坐上王位，然后瑟曦在他旁边叽叽喳喳。

我怎么会养出这种儿子？

他还是个孩子。

或许你说得对。虽然琼恩常对我感到绝望，不过我终究还是成了一个好国王。

奈德，你就说我跟伊里斯比起来是个好国王不就结了？我知道你没办法说谎，不管是为了爱还是为了荣誉。

你觉得今天的冠军会是谁？你见到梅斯·提利尔的孩子了吗？大家都叫他百花骑士。

有这样的儿子谁都会感到骄傲。

他们早餐吃了黑面包，水煮鹅蛋，还有培根。之前关于团体比武的对话已经完全被他们抛在了脑后。艾德·史塔克已经很久没有吃过如此愉快的一顿饭了。

在那之后，比武大会继续进行。

一百枚金龙币赌弑君者赢。

我赌猎狗！他今天看起来特别饿。

奈德最乐于见到的莫过于两人都输，珊莎则睁大眼睛急切观看。

BAM 嘭

因为茉丹修女今天身体不适，艾德答应了陪珊莎一起观赏冠军决胜战。

我就知道猎狗会赢。

你要是知道第二场的赢家，赶快告诉我，免得蓝礼大人把我拔得一毛不剩。

格雷果·克里冈爵士，人称"会走路的魔山"。有人说把当时还是小婴儿的伊耿·坦格利安王子一头砸墙撞死的人正是他，又说他之后强暴了婴儿的母亲，然后才一剑杀了她。

哇，他好美啊。父亲，别让格雷果爵士伤了他。

当然，这些话谁也不敢在他面前提起。

现在，格雷果爵士不太能控制自己的坐骑。

比武开始了。

魔山的骏马大步急驰，猛烈地向前狂奔，洛拉斯·提利尔的小母马则流畅如滑丝般开步冲刺。

CRASH 咔嚓

RAH!

"抓住他！"奈德大喊，但他的话淹没在吼叫声中。每个人都在大吼大叫。

不要碰他。

以国王之名，立刻给我住手！

猎狗现在是冠军了吗？

我欠您一条命。胜利是您的了，爵士。

我……不是"爵士"。

RAH

他赢得了胜利和冠军的奖金，还有或许是这辈子头一次赢得了群众的爱戴。

提利尔一定知道那母马正在发情。我敢对天发誓，那小子是事先计划好的。

格雷果向来偏好个头大、脾气坏、野性有余而纪律不足的马。

耍这种伎俩毫无荣誉可言。

没有荣誉，但足以赢得两万金龙币。

当天下午，是一个来自多恩边疆名叫安盖的普通平民，意外摘下了箭术冠军。

团体比武则打了三个小时。总共有近四十人参加。他们手持钝器，在烂泥四溅、鲜血喷飞的场地里相互拼杀。最后还站着的，只剩下来自密尔的红袍僧索罗斯一个人。

国王没有参加。

当天晚上，在带女儿们回到城里并送她们上床后，他才走上首相塔，回到自己的房间。

时间早就过了午夜，但在远处河边，喧闹声才刚开始稍稍减退。

提利昂·兰尼斯特的匕首。布兰的坠落。琼恩·艾林的死。他隐约觉得这些都有所关联。然而真相像个谜团，他依然像开始时那样毫无头绪。

那铁匠的学徒是国王的儿子，但作为庶子，没法威胁劳勃和王后所生的嫡子。

大人，有人想见您。他不肯透露姓名。

让他进来。

请问您是？

您的一个朋友。我们得单独谈谈。

乔里，你先退下。

瓦里斯伯爵？

我不会打扰您太久，大人。不过有些事必须让您知道。

今天差一点就让他们得逞。他们原本计划借团体比武来谋害国王。

他们指谁？

如果连这个都还要我告诉你，那我看你比劳勃还蠢，而我显然站错了队。

兰尼斯特。可是瑟曦……她明明就叫他不要参加！

她是禁止他参加，而且是当着他弟弟的面，还有当着他手下骑士和半数廷臣的面说的。难道还有比这更好的方法，可以逼得国王不得不参加团体比武吗？

场子里乱成那样，要真有人不小心碰到国王陛下，你能说那是蓄意谋杀吗？

你既然知道这起阴谋，为何一声不吭？你本可以早点跟我说。

因为我很好奇你会怎么做。大人，我那时候还不信任你。

你不信任我？

红堡里住了两种人：一种忠于王国，一种忠于自己。今天早上以前，我不敢判定您属于哪一种。

现在我知道了，我渐渐开始了解王后为什么这么怕您了。

我得让劳勃知道这事。

但是我们的证据在哪？您干脆直接叫伊林爵士来砍我们头吧，那样比较省事。

艾德大人，您让他们寝食难安。咱们俩联手，或许能够先发制人。

谢谢您的酒。下次您在御前会议上见到我，请千万别忘了用上您以前那种轻蔑的态度。

瓦里斯！琼恩·艾林是怎么死的？

为什么选在这个时候？

琼恩·艾林已经当了十四年的首相。他到底做了什么，逼得他们非杀他不可？

"里斯之泪"，他们是这么叫的。那东西味道清甜如水，不留一点痕迹。毫无疑问，是某个跟他很亲近，常和他一起同桌共餐的朋友干的。有可能是他的侍从。

只可惜您还没来得及和修夫爵士谈谈，他就死了。

因为他问得太多了。

第10话

别动刀动枪！别在这儿，大人们，求你们了！

您搞错了，史塔克夫人。我和贵公子的事无关。我以荣誉……

兰尼斯特的荣誉。

他派人来割我儿子的喉咙，这就是那凶器留下的伤疤。

……伤害一个小男孩……

……黑心肠的小恶魔……

杀了他。

如果史塔克夫人认定我要为某些罪行负责，我很愿意随她去，回答她所有的问题。

这是唯一可行的办法。试图杀出重围无异于自掘坟墓。

我不想惹上官家的麻烦，我的好夫人。别在这儿杀他。

在哪儿都别杀他。

我们要把他带回临冬城。

我老爸一定会担心我。谁要是能给他捎个信，告诉他今天在这儿发生了什么，他必有重谢。

小恶魔的人和他一起走。剩下的各位，要是你们能对今天发生的事保持沉默，我们将不胜感激。

他们前脚走出门，消息后脚就会传出去。那个口袋里揣着金币的自由骑手会像离弦的箭一样飞奔到凯岩城。尤伦会把消息带到南方。那个傻瓜歌手说不定还会为此写首歌呢。

瓦德·佛雷的人会把消息带给他。佛雷虽然宣誓效忠奔流城，但他是个小心谨慎的人。他至少会派一只鸟去君临报信。

我们必须立刻上路了。哪位愿意帮我们把犯人押到临冬城，我们必有重谢。

保持沉默？提利昂差点儿忍不住笑出来。

他并不怎么担心。他们绝对到不了临冬城。不出一天，骑手们就会追上他们。

不过，这仍然是一趟凄惨的旅程。道路崎岖不平，他蒙着头罩，什么也听不清，雨水浸湿了布料，几乎令他窒息。

那该死的歌手竟然也跟来了，他相信能以此为素材写出一首伟大的歌谣。

提利昂真想知道：等兰尼斯特的骑士们追上来的时候，这小子是否还觉得这场冒险像现在那么精彩。

当凯特琳·史塔克下令停下休整时，雨终于停了。曙光透过浸湿的布料照在他的眼睛上。

这……这是往东去的路！你之前说我们要去临冬城。

我是那么说的，不止一次，还说得很大声。你的朋友们骑马来追的时候，一定会往那条路去。

即便已经过去了好几天，他回想起来依旧恼怒不已。提利昂一辈子以机敏自诩——诸神似乎觉得只有这个礼物适合他。可即使在这一点上，凯特琳也胜过了他。

提利昂看着佣兵杀死了他的母马，暗暗在心里把史塔克家欠他的债又添上一笔。

今晚咱们都饿不着了。

想尝尝吗侏儒？

这母马是我哥哥送给我的二十三岁命名日礼物。

那就替我们谢谢他喽，要是你还能见到他的话。

一尝就知道这是匹好马。

也许那母马死了算是走运。等着提利昂的是一连几个小时的骑马跋涉，然后随便吃几口东西，在又冷又硬的路面上小睡片刻，接着就又是整晚赶路，如此夜复一夜，只有诸神才知道何时是尽头。

我们必须歇歇了，夫人。这已经是我们损失的第三匹马了……

要是兰尼斯特家的人追上我们，损失的可就不止马了。

再这么跑下去你损失的可能就是我。我个子小又不强壮。要是我死了，这一切还有什么意义？

应该说，这一切的意义就是要你死。

我可不这么认为。要是您真想让我死，您这些忠心耿耿的朋友们随便哪一个都可以在我喉咙上来一刀。

史塔克从不杀手无寸铁的人。

我也一样。我要告诉您多少遍才行？那不是我的匕首。只有傻瓜才会把自己的匕首交给普通的毛贼去行刺。

培提尔为什么要对我撒谎？

狗熊为什么要在森林里拉屎？对小指头来说，撒谎就和呼吸一样自然。您应该比任何人都更清楚这一点吧。

朝廷里每个人都听他说过，您是怎样被他骗去初夜的。

你胡说！培提尔·贝里席那时候确实喜欢我。他的激情对我们两人都是悲剧。不过他对我的感情是真挚纯洁的，容不得你在这儿嘲弄。

小指头没爱过任何人，除了他自己。而且我可以向你保证，他吹嘘的可不是您的小手。

夫人，让我给他放点儿血吧？

杀了我真相也就跟着一起埋没！小指头说我是怎么得到他的匕首的？

你在乔佛里王子命名日的比武大会上打赌赢了他。

在我兄弟被百花骑士打下马的时候？这就是他的故事？

是的……

骑兵！

快上马！波隆，你看住犯人们。

好的，夫人。

不！给我们武器。你需要每一个人的力量。

二十个，也许是二十五个。我猜是白蛇部和月人部的。

你别无选择。多一把剑就多一分活下来的希望。

BUDABUMBUDABUM
咯哒哒

向我保证，在战斗结束后你会放下武器。

我以兰尼斯特家的荣誉发誓。

BUDABUMBUDABUM
咯哒哒

给他们武器。

我从没用过斧子。

就当是劈柴好了。

BUDABUM 咯哒哒
BUDABUM

BUDABUM
BUDABUM
咯哒哒

木头可不会流血。

BUDA BUM 咯哒哒

BUDA BUM 咯哒哒

BUDA BUM 咯哒哒

BUDA BUM 咯哒哒

BUDA BUM 咯哒哒

没有传令官，没有旗帜，没有号角，也没有战鼓。只听见弓弦拨动的声音。转眼之间，高山氏族的战马就踏破黎明，轰然而至。

临冬城万岁！

黎明中到处是呼喊声和尖叫声，空气里弥漫着浓重的血腥味。

一时间，提利昂突然有种冲动，想要跳起来挥舞着斧头大喊："凯岩城万岁"，不过这愚蠢的念头稍闪即逝。

整个世界变得一片混乱。

啊！！！

来人帮帮我！

诸神慈悲啊，我在**流血**。

我相信那是马血。闭上眼睛装死吧。

救命！

让他们把那婊子抓去
好好款待吧，提利昂
想道。

不过他还是赶了过去。

斧头劈开血肉
和骨头，仿佛
那只是腐木。

都是些会流血的木
头罢了，提利昂心
不在焉地想。

他本以为战斗持续了足有半天，但太阳却看起来纹丝未动。

第一次上战场？你现在需要找个女人。男人流过血之后，没有什么比女人更治愈了。

只要她同意我就上。

我们必须马上动身。他们还会回来的，到时我们就顶不住了。

自由骑手们笑了起来。这是个好的开始。

我们这就出发。

把武器还回来，侏儒。

让他留着吧。如果再遇到攻击我们还需要他。

谢谢您，夫人。

刚才话说到一半就被打断了。小指头的故事里有个漏洞，不管你相不相信，但我可以向你保证，我**从来不会**在外人身上下注，

静如影。她告诉自己说。

轻如羽。

抓猫很难。她手上布满了还没有愈合的抓痕。双膝也结满了痂，那是摔倒时留下的擦伤。

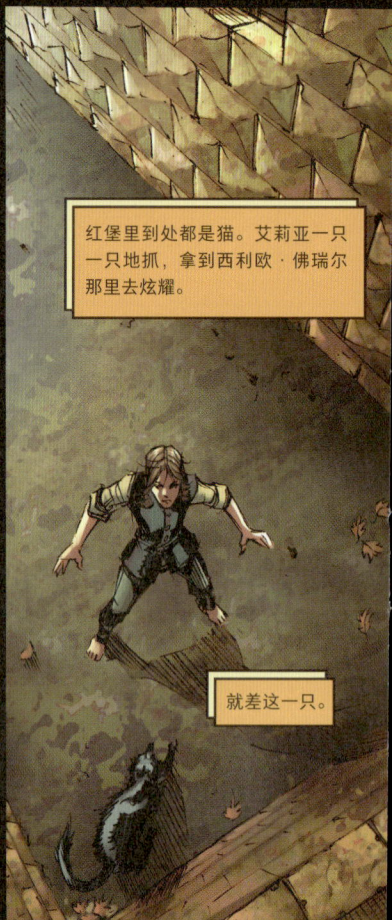

红堡里到处都是猫。艾莉亚一只一只地抓，拿到西利欧·佛瑞尔那里去炫耀。

就差这一只。

HISSSSS 嘶~

迅如蛇。

他要把那只猫怎么样？

小子！你怎么进来的？这里不是你来的地方。

这种人就像老鼠一样，赶也赶不完。

是弥赛拉公主和托曼王子。要是她被他们认出来，会被唠叨死的。

你是谁家的孩子？你怎么了，哑巴了吗？高德温，把他带过来。

止如水。

迅如蛇。

柔如丝。

疾如鹿。

嘿！

哎呦！

给我回来！

滑如鳗。

初到君临城时，她常常做噩梦，梦见自己在城堡里迷了路。

父亲说红堡比临冬城要小，不过在梦里它却无边无际。

那是一座无尽的石头迷宫，墙壁似乎会在她身后不停地变换位置。

有时她能听到父亲的声音，但总是从很远的地方传来。

她聆听着追兵的声音，不过什么也没听到。要是他们认出了她，她也只有自认倒霉，不过她觉得这不太可能。她现在身手太快了。

疾如鹿。

她不知自己身在何处。

她打算在心里数到一万，然后就可以安全地爬出来，找路回家了。

它死了。

只是颗骷髅头，它伤害不了我。

然而不知怎么，那怪兽似乎知道她在这儿。她能感到那空洞的眼窝透过昏暗的光线望着她。

在这巨大又昏暗的房间里，有什么不喜欢她的东西存在。

啊！

RIP 噗

如果这个房间算得上阴暗的话，那么隔壁的大厅就是七层地狱里最黑暗的深坑。

她提醒自己，水舞者要用所有的感官观察。

吱呀
CRRREEEAAK

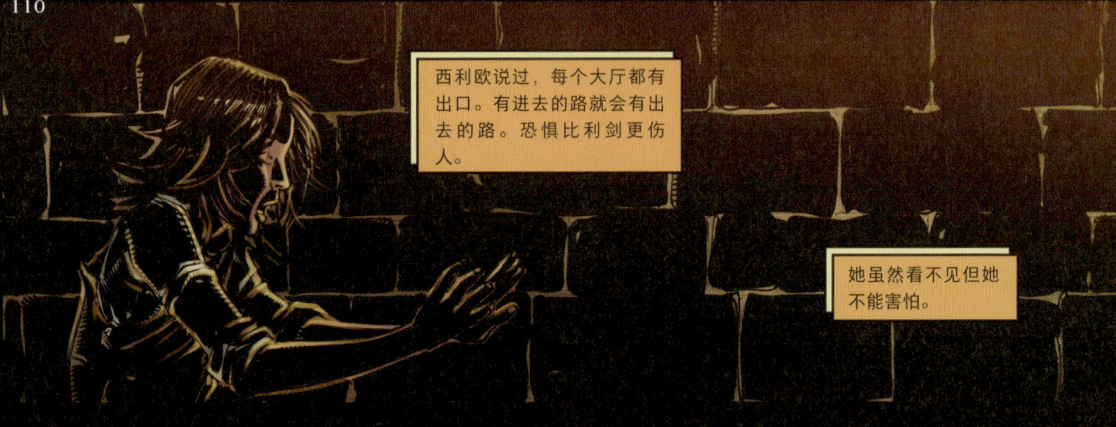

西利欧说过，每个大厅都有出口。有进去的路就会有出去的路。恐惧比利剑更伤人。

她虽然看不见但她不能害怕。

一阵冷风吹过她的面颊。散开的头发轻轻摩挲着她的皮肤。

有声音从下面很远的地方传来。脚步声。还有谈话的声音。

那群傻瓜想杀死他的儿子。更糟糕的是，他们会把这变成一场闹剧。不管我们愿不愿意，狼和狮子很快就会咬成一团。

找到了一个私生子，剩下的也用不了多久。也许明天，也许后天，也许就在一两周之内。

等他知道了真相，他会怎么做？

太快了。我们还没准备好。这时候开战能有什么好处？

你要我怎么办？

既然已经死了一个首相，为什么不能死第二个？公主已经有了身孕。在儿子出生之前卡奥不会兴师动众的。

到那时恐怕就太晚了。如今这已经不是双方对弈的游戏了，如果以前算得上是的话。

史塔克大人拿到了那本书，也找到了私生子，用不了多久他就会发现真相。而如今托小指头的福，他老婆又绑架了提利昂·兰尼斯特。

你叫我拖一拖？我只能说你要抓紧啊。就算是最棒的杂耍演员也不可能把一百颗球永远抛在空中啊。你以为我是巫师吗？

SHHHRRUUM 哐

史坦尼斯·拜拉席恩和莱莎·艾林已经逃出我的掌握范围了。洛拉斯爵士和蓝礼大人正打算另立个新王后。而只有天上诸神才知道小指头在玩什么把戏。

我相信你是。而且我还要请你把这魔法玩得再久一些。

我需要金子，还要再找五十只鸟儿。

这么多？符合你标准的很难找到……

……要年轻，还要识字……也许年纪大一点……不那么容易死掉……

……年纪越小越安全……对他们好一点……

尽管声音已经渐渐远去，她仍能看见火把的光亮。她跟随着这光亮爬了好几英里。当光亮最终消失时，前方已再无岔路。

道路的尽头是及膝深的臭水。她发现自己正站在下水道通向河流的排泄口，离红堡和首相塔有好几英里远。时间已经是晚上了。

你知不知道我派了一半的守卫去找你？你明明知道没有我的许可是不能离开城堡的。

他们商量着要杀死你。不是怪兽，是两个男人。

他们说你拿到了书也找到了私生子。就是这本书吗？我打赌琼恩就是那个私生子。我猜拿火炬的那个人是个巫师。

一个巫师。他是不是留着长白胡子还戴着镶满星星的帽子？

我不是有意的。我本来在地城里，然后拐进了隧道，我不敢走回头路，因为后面有怪兽。

不是！他看起来不像个巫师，可是那个胖子说他是。

那胖子想要快一点，可另一个却说他没办法一直变戏法，狼和狮子很快就会打成一团，那会是一场闹剧，还有……

戏法，闹剧，怪物，巫师。这会儿君临差不多有一打儿戏班子，等着在比武大会上赚一笔。

不！他们不是……

NOK NOK

请原谅，艾德大人。有个黑衣兄弟求见。他说有急事。

我的大门永远向守夜人敞开。带他进来。

大人，我叫尤伦。抱歉这么晚打扰您。

这一定是您公子吧，长得和您真像。

我女儿总是记不住礼数。是我弟弟班扬派你来的吗？

不，不过我来确实是为了他。他是守夜人的一员，我和您一样把他当兄弟。

我是**女孩**。

为了把消息带过来，我一路飞奔。不过我敢担保，泰温大人已经先知道了。

什么消息？

大人，请您原谅，这事最好私下谈。

小姐，来吧，您可以明天早上再和爸爸接着聊。

我爸爸有多少守卫？

在君临吗？五十个。

你不会让任何人有机会杀他吧，是不是？

别担心，小姐。日夜都有人守卫着艾德大人，没人伤得了他。

要是他们派个巫师来杀他呢？

哦，这个嘛……只要砍掉脑袋，巫师一样会没命。

劳勃，求求你。你在谈论的是谋杀一个孩子。

其他的朝臣们正竭尽全力假装他们不在场。艾德从未感到如此孤立无援。

那婊子怀孕了！

我警告过你这种可能，奈德，可你不肯听。如今你听清楚，母亲、孩子还有傻瓜韦赛里斯，他们都得死。

如果那姑娘流产了，如果她生了个女儿，如果那婴儿幼年就夭折了，我们都不需要害怕。就算她生了个男孩，并且活下来了，也还有狭海隔在我们中间。

等多斯拉克人教会他们的马在水上奔跑，我再害怕也不迟。

我知道您良心不安，艾德大人。我们讨论的是件可怕的事情，一件卑鄙的事情。

为了国家的利益，我们这些从政的人就不得不做些卑鄙的事情，无论这令我们多么难受。

如果你这么做，就永远违背了初心。当初我们起兵对抗伊里斯·坦格利安，不就是为了终结他对儿童的杀戮吗？

是为了终结**坦格利安家族**！

陛下，从前连雷加也吓不倒您。难道岁月真的夺走了您的男子气概，如今连一个未出世的孩子的阴影都能让您颤抖了吗？

够了，奈德！给我住口。你忘了谁才是国王吗？

我没忘，陛下。您呢？

闭嘴！

我懒得再多费口舌。我要是不杀了她必遭天谴。

你们怎么看？

她必须死。

我们没别的选择，可惜啊，可惜……

陛下，能在战场上直面敌人是件光荣的事情，可是趁他还没出生就下手就毫无荣誉可言了。

原谅我，我必须站在艾德大人这边。

我的职责是为国家服务，而不是某个统治者。我曾辅佐伊里斯国王，所以我对这女孩并无恶意。但如果战事再起……

要是丹妮莉丝·坦格利安的死能换回千万百姓的生命，那岂不是更明智，甚至更仁慈的做法？

当你发现和自己上床的是个丑女，最好的办法就是闭上眼睛接着办事，亲一亲，然后应付过去。

亲一亲？

用剑亲啦。

好，那就这么定了，奈德。

剩下的问题就是，我们派谁去杀她？

莫尔蒙一直希望得到赦免。

他更希望能活下来。不如用毒药……比如里斯之泪……

毒药是懦夫的武器。

你雇人去杀一个小姑娘，还去谈手段够不够光明正大？

我不会参与这场谋杀。随便你怎么做，但别想叫我在上面盖章。

你是国王之手，史塔克大人。我怎么下命令你就得怎么做，否则我就换个新首相！

那我祝他上任愉快。

劳勃，我本以为你不是这样的人。

"国王之手"

我本以为我们侍奉了一个更高贵的国王。

滚，滚回临冬城去。别让我再看见这张脸，不然我就把你的脑袋插在枪尖上。

在布拉佛斯，有个叫无面者的组织……

你知道他们要价有多高吗？

首相大人，
您找我？

我不再是首相了。
我和国王吵了一架。
我们要动身回临
冬城去。

我马上就安排。我们需要两周的
时间来准备这次行程。

我们可能等不
了两周。

我们可能连一
天都等不了。

最保险的做法是我
先动身。我带上女儿和几
个侍卫，剩下的人准备好
了就赶上来。

听您的吩咐，
大人。

劳勃没给他留什么余地。他该为
此感谢他。能回临冬城是件好
事。

然而离开也让他恼火。劳勃
和他那班怯懦的朝臣会把这
个国家搞垮的。甚至可能更
糟。

他应该走海路。如果坐船走，就可以在龙石岛停一下，和史坦尼斯·拜拉席恩谈谈。

史坦尼斯大人知道琼恩·艾林丧命的秘密，他确信这一点。

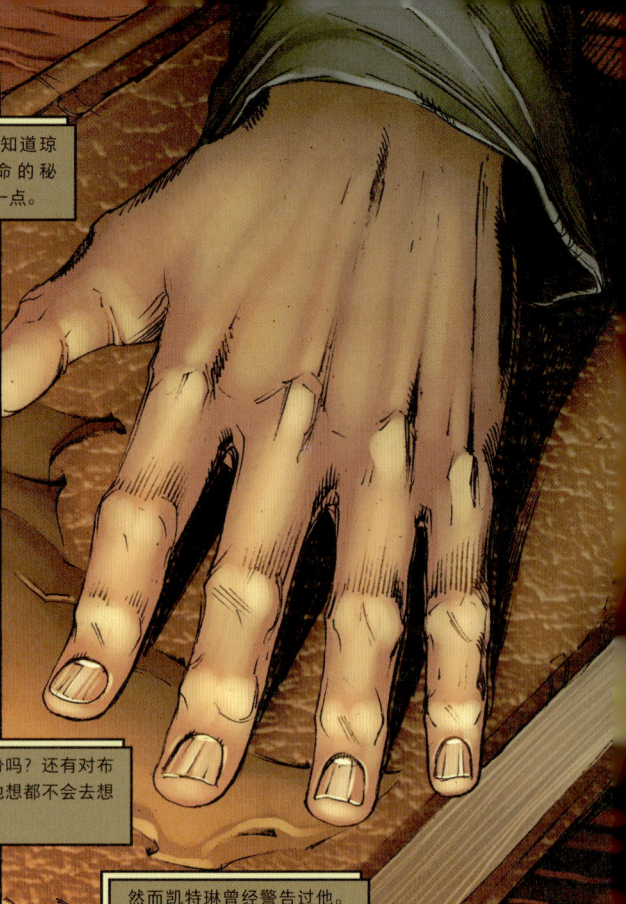

艾林的死劳勃也有份吗？还有对布兰的刺杀？从前，他想都不会去想这种可能。

然而凯特琳曾经警告过他。他认识的是从前那个男人，如今的国王却是个陌生人。

老爷，贝里席大人求见。

让他进来。

请问您此次拜访有何贵干？此时此刻，我想不出还有谁比你让我更不愿意见到。

得了吧，我肯定你能想出几个名字来的。比如瓦里斯、瑟曦或者劳勃。你走之后，陛下还接着骂了一通。

在你气冲冲地离开之后，是我想办法说服了他们不要去雇无面者。

在你大谈什么丑女和刀剑之吻以后，现在却要我相信你是在保护这女孩？你当我是大傻瓜吗？

老实说，比起你那些关于荣誉的说辞，我为这个坦格利安女孩做得更多。

事实上，你还真是个大傻瓜。你做起事来就像在薄冰上跳舞，今天早上我已经听到第一次开裂的声音了。

您打算什么时候回临冬城，我的大人？

越快越好。这和你有什么关系？

如果有什么意外让您推迟了行程，我倒是很乐意带您去逛一家妓院。这家妓院琼恩·艾林和史坦尼斯·拜拉席恩都拜访过。这之后，首相横死，而国王的弟弟则逃走了。

我甚至不会告诉凯特琳夫人这件事。

第11话

夫人，您该先捎个信来，这样我们也好派人护送，这年头山路不安全，尤其是您带的人又这么少。

我们已经尝到了惨痛的教训，唐纳尔爵士。

高山氏族日夜骚扰我们。第一次进攻就让我们损失了三个人，第二次又损失了两个。还有一个死于高烧。

听到你们脚步声的时候，我还以为我们要完了。

琼恩大人死后，高山氏族越来越嚣张了。如果我说了算的话，我会带上一百个人去山里面，好好给他们上一课。

可是您妹妹把所有的兵力都召回去守卫艾林谷了。

防备谁？

没人知道。可能是捕风捉影吧。希望我没有冒犯您，夫人。

说老实话是不会冒犯我的。

凯特琳知道莱莎害怕的是什么。不是捕风捉影，是兰尼斯特家族。

"唐纳尔爵士，等我们到了你的要塞，我们需要立刻请柯蒙学士来。罗德利克爵士受伤之后一直高烧不退。"

莱莎夫人已经下令让学士留在鹰巢城，随时照顾劳勃大人。

我们在血门有个修士负责照顾伤员。

凯特琳更相信学士的学识而不是修士的祈祷。她正要开口，堡垒已在眼前。

是谁要通过血门？

唐纳尔·韦伍德爵士，还有凯特琳·史塔克夫人和她的随从。

我说这位夫人怎么看起来那么面熟。你离家可真远啊，小凯特。

有叔叔你在我身边，怎么算得上远？

我们能进峡谷吗？

以鹰巢城公爵、谷底守护、真正的东境守护劳勃·艾林之名，我请你们自由地通过，并要求你们在境内保持和平。

来吧。

莱莎知道你要来吗？

我们来不及提前打招呼。只怕风暴正紧紧跟在我们身后。

夫人，今天我恐怕再也走不动了。

你也不用再走了。你所做的一切已经让我不知道怎么感谢了。我叔叔会陪我一起上鹰巢城。

兰尼斯特必须跟我走，但你和其他人都该在这儿好好休整。

夫人，既然我已经看到了故事的开头，也请您允许我去看看结尾。

我也去。

很好。

凯特琳注意到，波隆根本就没请求她的同意。

有人去马厩更换了精力充沛的坐骑，是那种步履稳健、毛发蓬松的山地马，唐纳尔爵士答应先派鸟儿去鹰巢城和月门，捎去他们将要到来的消息。

不出一个小时，他们就再次上路了。

一定要把这件事告诉你父亲。

如果兰尼斯特出兵，临冬城太远，而艾林谷藏在深山里，但奔流城正挡在他们的必经之路上。

孩子，告诉我这场风暴是怎么回事。

她花了比预想中更多的时间，才讲完事情的始末。

她从莱莎的信、布兰的坠落、刺客的匕首一直讲到她在十字路口旅馆偶遇提利昂·兰尼斯特。

这也正是我担心的。艾林谷的情势怎样？

还有那个男孩。

"劳勃公爵。他只有六岁，病歪歪的，你要是抢走了他的娃娃他还会哭鼻子。他是琼恩·艾林的嫡子，但有人说他太软弱了，无法继承父亲的位子。"

群情激愤。国王把一个由艾林家族继承了三百年的职位交给詹姆·兰尼斯特，大家都感到深受侮辱。

不止你妹妹一个人怀疑首相的死因。没人敢公开说琼恩是被谋杀的，但怀疑已经在大家心里投下了浓重的阴影。

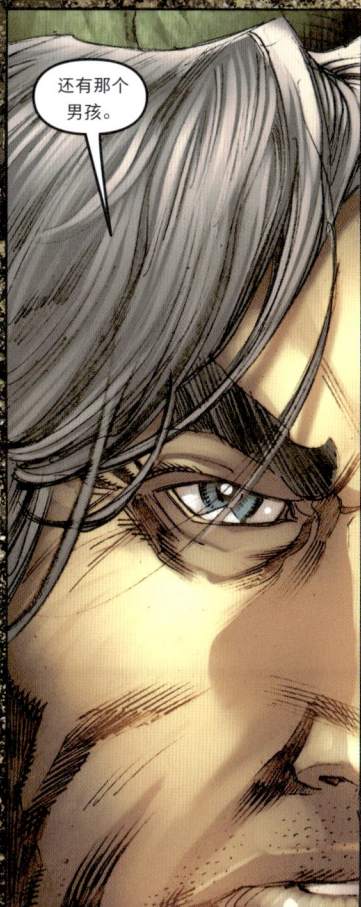

"有人说这十四年来奈斯特·罗伊斯一直是大总管，他应该统治谷地直到这孩子长大成人。也有人说莱莎必须再婚，而且越快越好。"

莱莎会再找个丈夫吗？

她说只要找到合适的男人，她会再嫁，不过在我看来，她只是在玩弄那些求婚者。

我相信她打算亲自统治谷地，直到她儿子长大成为名副其实的鹰巢城公爵。

女人可以和男人一样英明地统治。

合适的女人才可以。别搞错了，凯特琳，莱莎不是你。

"孩子，你妹妹在害怕，她最怕的就是兰尼斯特家族。她像个夜贼似的从红堡偷偷溜走，好把她的儿子从狮子口中夺回来，现在你却把狮子带到了她家门口。"

他是被我绑来的。

哦？

我看到他马鞍上挂着斧头，身后还跟着个如影随形的佣兵。亲爱的，这哪里像是绑来的？

侏儒来这儿可不是自愿的。不管是不是绑着，他都是我的俘房。莱莎会和我一样希望他为自己的罪行负责。

希望你是对的，孩子。

一进入谷地平原，道路就变得平坦。他们加紧赶路，穿过郁郁葱葱的树林和沉静的小村庄，经过果园和金色的麦田，踏过一条条阳光照耀的小溪。

等他们到达月门的时候，天已经快黑了。月门堡位于巨人之枪的山脚下，是奈斯特大人的居城。在头顶之上很远的地方，是另外三座石堡、皑皑积雪和浩瀚夜空。

而再往上去就是鹰巢城。

看来艾林家的人不怎么喜欢有人做伴。要是你打算让我们连夜上山，干脆在这里杀了我好了。

我们在这里过一夜，明天一早上山。

我们可以骑骡子走到长天堡，之后的山路太陡峭，我们只能爬上去。

或者用铰链和啤酒、苹果之类的补给一起吊上去。

哎呀，可惜我不是南瓜。父亲大人要是知道我像袋萝卜一样被人拖去断头台，一定会失望透顶。

如果你们徒步上山，我也一样。我们兰尼斯特家的人还是有几分傲气的。

史塔克夫人！

奈斯特大人。

我们旅途劳顿，希望在您的屋檐下借宿一晚。

我的屋檐就是您的，不过莱莎夫人从鹰巢城传下话来。

她希望立刻见您。

在夜里上山？何况今天还不是满月？这简直是找死！

骡子认得路，布林登爵士。

夫人，很荣幸能带您上山。这条路我摸黑走过几百次了。

石东是谷地私生子的姓氏，就像北方的雪诺一样。她不禁想起了奈德在长城的那个私生子，这让她既愤怒又惭愧。不过除此之外她也不能怎么样了……

我把自己交到你手上了，米亚·石东。

孩子，你叫什么名字？

奈斯特大人，我请您严加看管我的俘房。

如果夫人您高兴的话，就叫我米亚·石东吧。

而我请您给这个俘房弄杯酒，再来上一只脆皮烤鸡。

要是再有个姑娘就更好。不过我恐怕要求太高了。

米亚，我相信你会带凯特琳夫人安全到达的。你从没让我失望过。

有人觉得闭上眼睛会轻松些。如果他们觉得害怕或是头晕，就会把骡子抓得太紧。骡子可不喜欢这样。

我生在徒利家，又嫁到了史塔克家。要吓到我可不容易。

你不打算点火把吗？

点了火把反而会看不清。今晚天气这么好，有月光和星光就足够了。

一开始，上山的路要比她想象的轻松，骡子们步履稳健，不知疲倦，而米亚则好像有一双夜眼。

这宁静安抚了她的情绪，她随着骡子的步伐在马鞍上轻轻摇摆。没多久，她就开始与睡意抗争。

也许她真的打了个盹，因为忽然之间，那宏伟的包铁城门就出现在他们上方。

危岩堡到了，夫人。

直到守城的胖骑士递给她烤肉和洋葱，凯特琳才意识到自己有多饿。当马夫去更换新骡子的时候，她就这样站在院子里吃起来。

然后她们就在星光下再次出发了。

第二段山路似乎更加险恶。她已经能切身感受到所处的高度。

有好多次，米亚都不得不下骡去清理路上的落石。

雪山堡。

如果您乐意的话，我们应该接着走。

你可不希望骡子在这么高的地方摔断了腿，那姑娘说。凯特琳不得不表示同意。

从雪山堡往上，强风仿佛获得了生命。

经过数个世纪的冻融和无数只骡子的踩踏，石阶变得破碎磨损。

夫人，小白是头好骡子。即便在冰上走得也很稳当。不过您要小心，要是他不喜欢您，可是会踢人的。

那骡子似乎喜欢凯特琳，至少它没有踢人。

路上也没有冰，对此她也心怀感激。

我妈妈说好几百年以前，这里就是雪线了。

不过我是从没在这么低的地方见过雪。

最好下来牵着骡子过去。

这儿的风有点吓人。

凛冬将至，孩子。凯特琳忍不住想要告诉她。也许她终归变成了一个史塔克吧。

她能感到道路两旁是一片虚空。是气流组成的黑色深渊。

狂风向她尖叫，想要把她推下悬崖。她不敢向前，可身后的骡子却挡住了退路。

我要死在这儿了，她想。

史塔克夫人？您还好吗？

我……我做不到。

您行的，夫人。要是害怕您就闭上眼。抓住我的手。

松开缰绳，小白能照顾自己。把脚往前滑一步……

现在迈另一只脚。放松。

就这样一步一步，这个私生女孩领着紧闭双眼、瑟瑟发抖的凯特琳走过了危崖，而那头白色的骡子则在后面慢悠悠地跟着。

即便是瓦雷利亚的通天塔也没有长天堡的石墙美丽。

马厩和军营在这儿。

剩下的路都在山里了。

那是条直上直下的隧道，更像是石梯而不是普通的台阶。

用不了一小时就到了。

让兰尼斯特家的人去骄傲吧，我们徒利家的人懂得变通。

我一整天加上大半个晚上都在赶路了。

"叫他们放个篮子下来，我和萝卜一起上去。"

史塔克夫人！您真是让我们又惊又喜。

我已经派人告诉您妹妹了。她吩咐只要您一到我们就叫醒她。

我希望她昨晚睡了个好觉，瓦狄斯爵士。

以名门望族的标准而言，鹰巢城是座小城堡。这里不需要铁匠铺、马厩或犬舍，但奈德说它的粮仓和临冬城一样大。

它的塔楼能容纳五百人，不过如今看起来却一片荒凉。

好久没见面了。
真的好久好久。

已经有五年了。对莱莎来说，那是残酷的五年。岁月在她身上留下了痕迹。

凯特！

亲爱的姐姐，见到你真好。

你看起来……不错。就是……好像有点累。

是啊，非常非常累。

你们退下吧！我要和姐姐单独谈谈。

你疯了吗？

连个招呼都不打就把他带到这儿来，把我牵扯进你和兰尼斯特的矛盾——

我和兰尼斯特？

不是你写信告诉我兰尼斯特谋杀了你的丈夫吗！

莱莎，如果关于兰尼斯特的事你说的是真的，那我们必须立刻行动。我们——

不要当着宝贝儿说这些！他的性格很敏感，是不是啊，亲爱的？

这男孩是鹰巢城公爵，艾林谷的守护者。现在不是细腻敏感的时候。战争可能就要来了。

住口！你吓到孩子了！

别害怕，亲爱的宝贝儿。妈妈在这儿。没有什么能伤害你。

凯特琳一时无语。虽然瑞肯的年纪只有这男孩的一半，却比他坚强五倍。

我们在这儿很安全。就算他们能带兵穿过大山，攻陷血门，鹰巢城也是攻不破的。

没有哪座城堡是攻不破的。

这一座就攻不破。
大家都这么说。

现在唯一的问题就
是，我要怎么处置你
带来的小恶魔？

他是坏人吗？

是个很坏很坏的
人，不过妈妈不会
让他伤害你的。

让他飞！

好像这主意不错。
好像我们就该
这么办。

丹妮搞不懂，既然维斯·多斯拉克连城墙都没有，为什么还需要一扇城门。
她也看不到任何建筑。
然而马门就矗立在那里，巨大而美丽。
他们的城市究竟在哪？

在前面，就在山脚下。

首先，我们要穿过这些战利品。这是多斯拉克人打了胜仗的标志。

被毁掉的城市留下的垃圾罢了。

丹妮苦苦哀求，又用尽了多莉亚所教的床上功夫，才说服了卓戈让韦赛里斯重新回到队伍的前列和他们走在一起。

在那天草原上的事情过后，卓戈提议让她的哥哥坐马车。韦赛里斯答应了，却不知这是对他的嘲弄。

这些野蛮人只知道窃取文明人的成果。

只有太监、残废、孕妇和老幼妇孺才坐马车。

还有杀戮。这些野蛮人确实懂得杀戮，要不我也用不着他们。

如今他们是我的子民了。你不该再叫他们野蛮人。

真龙想怎么说就怎么说。

到底我们还要在这些废墟里闲晃多久，卓戈才会把我的军队给我？

一定要先带公主去见**多希卡林**，然后——

是啊，见几个老太婆。然后演一出闹剧预言她肚子里的小崽子。这和我有什么关系？他许诺给我一顶皇冠。我非拿到手不可。

真龙是不容人愚弄的。

我希望我的日和星不会让他等太久。

你哥哥本该留在潘托斯等待。伊利里欧警告过他，卡拉萨里没有他的位置。

只要我丈夫给他那一万军队，他马上就会走。

是的卡丽熙，不过……多斯拉克人对这些事情的看法不一样。卓戈卡奥会说你是一份礼物，而他会回赠一份礼物给韦赛里斯。你是不能要求一份礼物的。

让他等着迟迟不去回王位，这是不应该的。

韦赛里斯说他带着一万多斯拉克军队就可以荡平七大王国。

给他一万把扫帚，
韦赛里斯也没办法
马厩打扫干净。
如果换个人
领军呢？换个
更强的人？
当我刚刚被放逐到这儿的时候，
我以为多斯拉克人不过是半裸的
野蛮人。那时我会说，一千名训
练有素的骑士可以把上百倍的多
斯拉克人打得落荒而逃。
如今我可不这么确定了。只
要七大王国的领主们还有
一点点脑子，他们就会选择
龟缩在他们的城堡里面。不
过，要是劳勃·拜拉席恩
蠢到要和他们正面开战
的话……
您的卡奥会说，只有懦夫才躲在石墙后
面，不敢拿起武器直面他的敌人。而劳
勃也会同意这一点的。
不过他周围的那些人一定会唱
反调的。史坦尼斯，泰温·兰
尼斯特。
史塔克。
你恨这个史塔
克公爵。
他夺走了我所爱的一切，就为了几个满身
跳蚤的偷猎者和他所谓的荣誉。
啊哈！看这里，
卡丽熙……

"维斯·多斯拉克，
马王之城。"

维斯·多斯拉克
大得足以容纳所有
的卡拉萨。

老妇们曾预言有一天
所有的卡奥会一起回归圣
母山，所以维斯·多斯拉
克必须做好准备。

住在这儿的人都
去哪儿了？

只有多希卡林的老
妇们长期住在
这座圣城。

每一座建筑都
不一样？

多斯拉克人不造
房子。这些建筑都
是他们四处掠夺来
的奴隶盖的。

卡丽熙，吾血之血卓戈命令我告诉您，今晚他必须登上圣母山，为他的平安归来向诸神献祭。

只有男人才能踏上圣母山。老实说，能休息一晚真是再好不过了。

告诉我的日和星，我会梦到他，并焦急地盼他归来。

姬琪，请帮我准备洗澡水。

多莉亚？去找韦赛里斯，请他和我一起吃晚餐。今晚我要送我哥哥一件礼物。他在圣城应该打扮得像个国王。

伊丽，去集市上买些水果和肉。只要不是马肉就好。

马肉最棒了。马肉让人强壮。

韦赛里斯讨厌马肉。

听您的吩咐。

这些衣服是为她哥哥量身裁制的：白色亚麻布的外衣和绑腿，绑到膝盖的革质凉鞋，绣着真龙的皮背心。

她希望，如果他看起来不那么像是乞丐，多斯拉克人就能更尊重他。

你好大的**胆子**！

你竟敢派这个**婊子**来对我发号施令？

我没有。我只是……多莉亚，你是怎么说的？

卡丽熙，原谅我。我照您的吩咐去找他，告诉他您命令他来一起吃晚饭。

没人能对真龙下命令！

我是你的国王！

亲爱的哥哥，请原谅，这女孩说错了话。我告诉她请您来一起吃晚饭，如果您肯赏脸的话。

看，这些是送您的。

你这个不知好歹的人。那天在草原上你就没学到点儿教训吗？

给我离开这儿，否则我就叫我的卡斯把你拖出去。你最好祈祷卓戈不要知道这件事。

等我回到自己的王国，你会为这一切后悔的，小贱货。

卡丽熙？

我不饿，你们分着吃吧。可以的话，也给乔拉爵士送些过去。

请拿一颗龙蛋给我。

她喜欢抱着这些龙蛋。这让她感到自己变得更强壮。也更勇敢。

仿佛她从蛋里的石龙身上汲取了力量。

她能感到体内的胎动，仿佛那婴儿正伸出手来，是手足兄弟，是一脉相承。

你才是真龙传人，我知道。

她梦到了家乡。

布兰，你准备好了吗？

是的，罗柏。

那我们走吧。

小恶魔为他设计的马鞍可以防止他从马上摔下来，这样他就可以和哥哥一起去打猎了。

一开始，由于双腿无法夹紧，马背上的晃动让布兰觉得很不安稳。但过了一段时间之后，他就习惯了这种节奏。

临冬城外的村庄里，路上几乎没什么人。

老奶妈说，当大雪降临，冰风从北方呼号而至，农民们会离开田地和农庄，那时临冬镇就会热闹起来。

布兰从没见过这番景象，不过鲁温学士说，长夏马上就要过去了。

凛冬将至。

凯拉真是个甜心！她在床上扭得像只黄鼠狼，可是在街上你和她说句话，她就像个处女似的满脸通红。

我有没有和你讲过那天晚上她和贝莎——

别当着我弟弟说这些，席恩。

你骑得很好，布兰。

我想骑快点。

没问题。

我能骑马了!

呜呜呜呜呜呜

呜呜呜呜呜呜

我最好去把他们找回来。在这儿等会儿，席恩他们很快就到。

是夏天！

还有灰风。他们杀死猎物了。

我想和你一起去。

我自己去找他们比较快。

罗柏走后，树林仿佛从四面八方包围过来。他虽然感觉不到自己的腿，但却能感到绑在他胸口的皮带又紧又磨人。融雪浸湿了他的手套，冻得他双手发麻。

他奇怪其他人怎么还没到。

就你一个人吗？

看来这小子是个史塔克不假。只有史塔克家的人才会蠢到在该讨饶的时候还发狠。

布兰注意到那人穿着黑色的破衣服，不禁吃了一惊。守夜人的逃兵。他记得父亲曾说没有人比他们更危险。

一旦被抓住他们就会被处决，所以他们都是亡命徒。

把他的命根子切下来塞进他嘴里，这样就能让他闭嘴了。

哈莉，你已经够丑的了，没想到还这么蠢。这孩子死了就不值钱了。想想看，手上有了班扬·史塔克的亲戚做人质，曼斯会怎么赏我们。

你还想回去，欧莎？你比她还蠢。

异鬼们会在乎你手上有没有人质？

那一刀割得又快又随意，血流了出来，但他感觉不到疼痛，一点儿感觉也没有。

离我弟弟远点儿。立刻放下武器，我就让你们死个痛快。

他可真凶啊，是不是。你真要和我们打，小子？

别傻了，小鬼。你这是以一敌四。我们会感谢你的马和鹿肉，然后放你和你弟弟走。

冰原狼……

臭狗罢了。没什么比狼皮斗篷更暖和了。

抓住他们。

临冬城万岁！

退后！把狼喊回去，不然我就宰了这残废小子！

欧莎。杀了那两只狼，拿走他的剑。

夏天，灰风，过来。

你自己动手吧，我才不靠近它们。

史塔克。该死的史塔克。

你！要想让你弟弟活命，就给我听好了。下马！

好，现在把狼宰了。

不！

闭嘴，你这小废物！你听到了没有？

THU

饶命，大人。

你受伤了吗？

他砍伤了我的腿，不过我没感觉。

死去的敌人真是赏心悦目的东西。

琼恩常说你是个混蛋，我真该把你绑在院子里，让布兰拿你当靶子。

你应该谢谢我救了你弟弟的命。

要是你射偏了怎么办？或者只是射伤了他？要是他中箭的时候手抖了呢？你从后面望过去，怎么能确定他没有穿胸甲？

要埋了他们吗，大人？

他们可没打算安葬我们。

有两个穿着黑衣。割了他们的头，送回长城去。剩下的就留给乌鸦。

我没有违背什么誓言。乌鸦们不收女人。史塔克大人，求您饶我一命，我是您的人了。

拿她喂狼。

她是个女人。

她是个野人。她跟他们说应该留我一命，把我交给曼斯·雷德。他们叫她欧莎。

我们应该好好盘问她。

捆住她的手。她和我们一起回临冬城，是死是活就看她说的话了。

这正是该闭上嘴巴、低下头颅的时候，可他心情太差，丧失了理智。

这就是那个坏人吗，妈妈？他看起来好小。

在上山的最后一程中，他走得磕磕绊绊，只好让波隆背他走完剩下的路，在愤怒之下，这种屈辱无疑是火上浇油。

这就是小恶魔提利昂，他谋杀了你爸爸。

就是他杀了首相大人！

哦？他也是我杀的？看起来我还真是个忙碌的小家伙。我搞不懂自己哪儿来这么多时间到处杀人。

你最好对我儿子客气点儿，否则你会后悔的。你周围都是谷地真正的骑士，他们每个人都愿意为我而死。

要是我受了什么伤害，我老哥一定让他们都如愿。

你会飞吗？侏儒长翅膀了吗？要是没有，你最好把这些威胁都咽回去。

这不是威胁。是保证。

你伤害不了我们。在这儿没人能伤害我们!

告诉他,妈妈!

没人会伤害我们的,小甜心。

鹰巢城是攻不破的。

不是攻不破。

只是有点儿麻烦。

你这个骗子!

妈妈,我想看他飞!

妹妹,请你记得,他是我的犯人。我不希望他受到伤害。

我姐姐的小客人累了。瓦狄斯爵士,带他到牢房去。在我们的天牢里休息一下对他一定有好处。

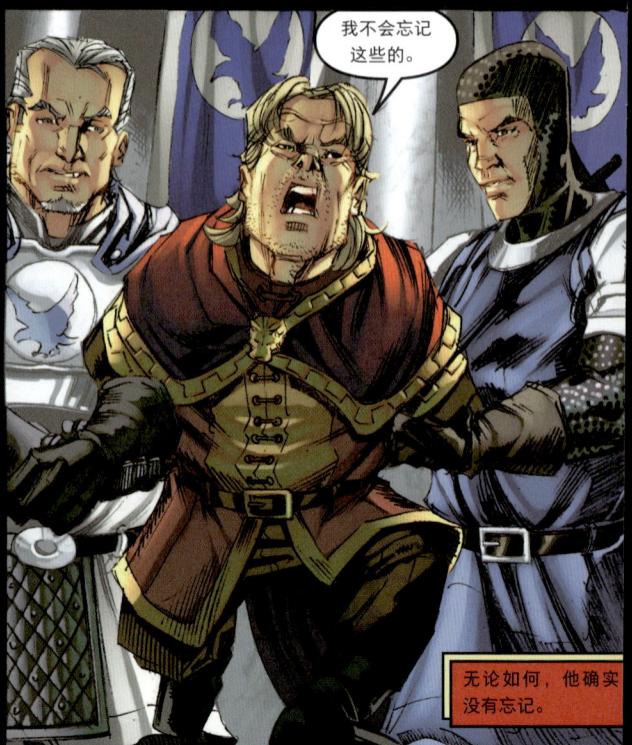

我不会忘记这些的。

无论如何,他确实没有忘记。

放眼七大王国，只有艾林家的牢房不怕犯人越狱。因为长天堡坐落在下方六百英尺的地方，而牢房边上什么都没有，除了稀薄的空气。

狱室里很冷。狂风日夜呼啸。最糟的是，地板是向外倾斜的。他担心自己会在沉睡时滚落，在滑下边缘的一刻惊醒。

"诸神救救我，蓝天在召唤我。"之前某个囚徒似乎用鲜血写下了这句话。

毫不奇怪，天牢会把人逼疯。

你想吃吗？来拿啊。

莫德，我们**每顿饭**都得玩这套蠢把戏吗？

在这儿呢，矮子。你不想吃吗？过来。

来拿啊。

他可不打算靠牢房边缘那么近。狱卒只要用他的大白肚子一推，提利昂就会变成长天堡岩顶上的一摊恶心的红色污渍。

仔细想想，我一点儿也不饿了……

哈哈哈哈……

你这狗娘养的烂货，我咒你七窍流血而死！

你会飞的。二十天，三十天，也许五十天。然后你就飞了。

莫德，我收回刚才的话。不要你七窍流血而死。

我要亲手杀了你！

父亲，姐姐，或者哥哥。他想知道是谁派那个小贼去杀史塔克家的男孩的。他们是不是也策划了琼恩·艾林的死。

如果艾林是被谋杀的，那手法真是干净利落。但派个白痴拿着偷来的匕首去行刺却蠢透了。

起初，他安慰自己说他们不敢就这么杀了他。然而随着时间的推移，他越来越不确定了，他变得一天比一天虚弱。

而且这真的是奇怪……

也许狼和狮子不是森林里仅有的野兽。如果是这样，一定是有人拿他当替死鬼，提利昂最恨被人利用。

好吧，既然这张碎嘴害他进了牢房，也一定能把他弄出去。

莫德，我要和你谈谈！

莫德！

吵死了。

你想发财吗，莫德？

需要等上一小会儿，他才能听到脚步声。

CRACK

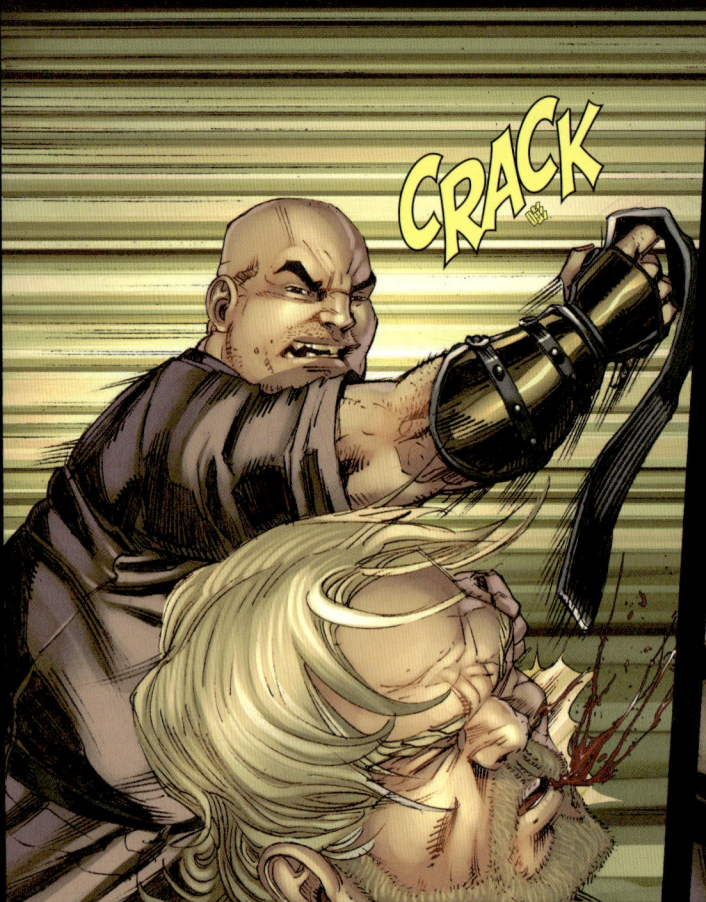

这一下真带劲。我用得着像你这么强壮的人。

和兰尼斯特一样富有。他们都这么说，莫德。比你这辈子能见到的金子还多。

没有金子。

他们抓住我的时候搜走了我的钱包，不过里面的金子还是我的。帮忙送个口信，那就是你的啦。

口信？

告诉你家夫人。告诉她……

……告诉她我要认罪。

他在听我讲了。

他们把他带到大厅时已经是半夜了。艾林夫人召集了她的随从和谷地的领主们来做见证。

他也正希望如此。

我们听说你打算认罪了？

是啊，从哪里说起呢？

我是个小坏蛋。

我和上百个女人上过床。

我希望我老爸死，还有我姐姐，我们高贵的皇后。

我赌博，而且还耍老千。

有一次我——

你被指控雇人杀害我卧床不起的儿子，还参与了谋杀琼恩·艾林大人。

这些罪状我可不能承认，我恐怕对此一无所知。

你别想拿我寻开心。带他回牢房，给他找个更小、地板更斜的房间。

这就是谷地的正义吗？在血门之内就没有荣誉可言了吗？你指控，我否认，然后你就把我丢到天牢里受冻挨饿吗？

我要求审判！让我为自己辩护，让诸神和众人裁决我的话的真伪。

很好。我儿子会听你讲，然后你要服从他的裁决。之后你就可以离开了……不是从这扇门就是从那一扇。

我看没必要麻烦劳勃大人。诸神知道我是无辜的。我愿让他们做出裁决。

我要求**比武**审判。

我的夫人，我请求
为您出战……

这份荣誉应该
属于我。看在我对
您的夫君敬爱有加
的份上……

我父亲忠心
耿耿地侍奉琼恩
大人……

发现有这么多陌生人急
着要他的命，提利昂感
到十分沮丧。也许这并
不是什么聪明的计划。

诸位大人，谢谢你们。
我真希望能把这份荣誉给
你们每个人。不过我只能
选一个人。

瓦狄斯·伊根爵士，
你一直是我丈夫最得力
的左右手。请您担任我
的代理骑士。

我的夫人，求您将此重任交付他人。
这个侏儒身材还不到我一半，又瘸了一条
腿，屠杀这种人还称之为正义，
这真是耻辱。

我同意。

是你要求比武
审判的。

那么像您一样，我要求
选一个代理骑士。我哥哥詹姆会
很乐意替我出战的。派只鸟通知
他，我会等他到来。

"劳勃绝不会只有一个女人。"莱安娜曾对奈德说，就在父亲把她许配给年轻的风息堡领主的那天晚上。

事实证明她说得没错。

我给她取名叫芭拉。

她长得真像他，是不是，我的大人。

劳勃的第一个孩子是和一个谷地的女孩生的，也有着同样纤细、乌黑的头发。

的确很像。

请告诉他，等您见到他的时候，告诉他这孩子有多漂亮。告诉他我没跟过别人。莎塔雅说我可以有半年时间用来照顾孩子，同时盼着他回来。

请您告诉他我在等他，我不要珠宝或者别的什么，只要他。

我会告诉他的，孩子。我答应你，芭拉不用为生活发愁。

我们该走了。我的事办完了。

好的,大人。我去帮韦尔备马。

贝里席大人,劳勃私生子的事你知道多少?

从简单的说起,他生得比你多。

他承认了风息堡的那个男孩,不过他是迫不得已。孩子的妈妈是佛罗伦家的。我听说三年前他和凯岩城的一个侍女还生了对双胞胎。

瑟曦把孩子杀了,把母亲卖给过路的奴隶贩子。骄傲的兰尼斯特忍受不了这种侮辱。

为什么琼恩·艾林会对劳勃的私生子感兴趣?他为什么会因此丧命?

他知道陛下外面那一堆私生子的底细,因此不得不被灭口。

要是让这样的人活下来，下次他就该说太阳是从东边升起来的了。

大人！士兵！

挡路者死！

这是什么意思？这可是国王的首相！

前首相。现在嘛，老实说，我也不知道他算老几。

兰尼斯特，让我们过去。这真是胡闹！

不。他知道自己在做什么。

一点不错。我在找我老弟。

你还记得我弟弟吧，对不对，史塔克？金发，毒舌，两眼不一样大。

是个小个子。

我记得很清楚。

看起来他在路上遇到点儿麻烦。我父亲非常担心。

您不会恰好知道谁可能会对我弟弟不利吧？

是我下令逮捕你弟弟，让他为自己的罪行负责。

拔剑吧，艾德大人。我可以像宰了伊里斯那样宰了你，不过我更愿意你死的时候手上拿着剑。

贝里席大人？如果我是您的话，为了避免华贵的衣服溅上血，就会赶紧离开。

我去找城市守卫来。

你杀了我，凯特琳也会杀了提利昂的。

是吗？奔流城高贵的凯特琳·徒利会杀死一个人质？我看不会。

不过……

我不会把我弟弟的命赌在女人的荣誉上。所以看起来我只有让你逃回劳勃那里，向他哭诉我怎么欺负你了。

我怀疑他根本就不在乎。

不要伤害史塔克大人。

是的，大人。

不过，也不能这么便宜就让他走了。

把他的手下都宰了。

不！

乔里，快走！

未完待续

A GAME OF THRONES 2

权力的游戏 2

图像小说第二册

幕后创作

讲述者：

安妮·葛洛尔——丛书编辑　　汤米·帕特森——绘者

丹尼尔·亚伯拉罕——改编者　　杰森·乌尔梅耶——Dynamite 漫画公司

一个场景的诞生
——首相的比武大会

这里我们要做的是，以书中的一个片段为例，介绍从文本变成最终的图像页面的全过程——包括在这个充满创造力的团队中不同成员的评论——这样你就能够了解在幕后我们是怎样一步一步工作的。

出于这一目的，我们选取了"首相的比武大会"一章的前五页，这是我们引以为傲的成果之一。这场景充满了动作场面、华丽壮观的场景和丰富的细节——乔治在寥寥数页中包含了如此之多的内容，使得改编这一场景成了极为困难的事情。

首先，让我们来看看丹尼尔所面临的挑战。这是小说中相关的段落：

珊莎

　　珊莎跟茉丹修女和珍妮·普尔一起，乘着轿子前往首相的比武大会。轿子的帘幕是用黄丝织成的，做工极为精细，她可以直接透过帘幕看到远方，而帘幕把外面的世界染成了一片金黄。城墙外的河岸边，百余座帐篷已然搭起，数以千计的平民百姓前来观赏。比武大会的壮观叫珊莎看得喘不过气：闪亮的铠甲，披金挂银的高大战马，群众的高声呼喊，风中飘荡的鲜明旗帜……还有那些骑士，尤其是那些骑士。

　　"这比歌谣里唱的还棒。"当她们在列席的领主和夫人们中间找到父亲给她们安排的座位时，她不禁轻声说。这天珊莎穿了一件绿色礼服，正好衬出她棕红色的头发，漂亮极了。她自知众人看着她的眼神里漾满笑意。

　　她们看着千百首歌谣里唱到的英雄跃然眼前，一个比一个英姿焕发。御林七铁卫是全场的焦点，除了詹姆·兰尼斯特，他们全都身着牛奶色的鳞甲，披风洁白犹如初雪。詹姆爵士也穿了白披风，但他从头到脚金光闪闪，还有一顶狮头盔和黄金宝剑。外号"魔山"的格雷果·克里冈爵士以山崩之势轰隆隆地经过他们面前。珊莎还记得约恩·罗伊斯伯爵，他两年前到过临冬城做客。"他的铠甲是青铜做的，有好几千年的历史，上面刻了魔法符咒，保护他不受伤害。"她悄悄对珍妮说。茉丹修女在人群中指出一身蓝紫滚银边披风、头戴一顶鹰翼盔的杰森·梅利斯特伯爵给她们看。当年在三叉戟河上他一人就斩了雷加手下三名封臣。女孩们看到密尔的战僧索罗斯是个大光头，一身红袍在风中猎猎作响，不禁咯咯直笑，直到修女告诉她们他曾手持火焰长剑攻上派克城墙，她们方才止住。

　　除此而外，还有许多珊莎不认得的人，有从五指半岛、高庭和多恩领来的雇佣骑士，有歌谣里并未提及的自由骑手和新上任的侍从，也有出身世家但排行居末的贵族少爷，或是地方诸侯的继承人。这些年轻人多半尚未建立显赫功勋，但珊莎和珍妮相信有朝一日他们的名字定将传遍七大王国——巴隆·史文爵士；边疆地的布莱斯·卡伦伯爵；青铜约恩的继承人安达·罗伊斯爵士和他的弟弟罗拔爵士，他们的铠甲外面镀银，刻着和父亲一样的青铜保护符咒；雷德温家的双胞胎兄弟霍拉斯爵士和霍柏爵士，他们盾牌是蓝底酒红色的葡萄串纹章；派崔克·梅利斯特，杰森伯爵的儿子；来自河渡口的杰瑞爵士、霍斯丁爵士、丹威尔爵士、艾蒙爵士、席奥爵士、派温爵士等六个佛雷家代表，通通都是老侯爵瓦德·佛雷的儿孙，连他的私生子马丁·河文也来了。

珍妮·普尔承认她被贾拉巴·梭尔的样子给吓着了。他是个遭到放逐的王子，来自盛夏群岛，穿着红绿交织的羽毛披风，皮肤漆黑如夜。但当她看到一头红金头发，黑盾牌上画着闪电的贝里·唐德利恩伯爵时，又宣布自己当下就愿意嫁给他。

猎狗也在队列之中。还有国王的弟弟，英俊的风息堡公爵蓝礼。乔里、埃林和哈尔温是临冬城和北境的代表。乔里出现时茉丹修女嗤之以鼻："跟别人比起来，乔里就像个乞丐。"而珊莎不得不同意这句评价。乔里穿着灰蓝色的盔甲，上面没有任何纹章或雕饰，肩头薄薄的灰披风活像件脏兮兮的破布。虽然如此，他依旧表现不俗，头一遭上场便将霍拉斯·雷德温刺下马，第二回合又打落一个佛雷家的骑士，第三次他与一个盔甲和他同样单调、名叫罗索·布伦的自由骑手三番交手，双方都没能将对手刺落，但布伦持枪较稳，击中的地方也比较准，所以国王宣告他胜利。埃林和哈尔温就没这么抢眼了，哈尔温第一次上场就被御林铁卫的马林爵士一枪挑下马，埃林则败在巴隆·史文爵士枪下。

马上长枪比武进行了一整天，直到黄昏。战马蹄声轰隆，把比武场的土地践踏成一片破败不堪的荒原。有好几次，珍妮和珊莎眼见骑士相互冲撞，长枪迸裂粉碎，群众高声尖叫，都忍不住齐声为支持者呐喊。每当有人坠马，珍妮就像个受惊的小女孩般遮住眼睛，可珊莎认为自己胆子比较大，官家小姐就应该在比武大会上表现出应有的风范。连茉丹修女都注意到她仪态从容，因而点头称许。

"弑君者"战绩辉煌，他如骑马表演般轻取安达·罗伊斯爵士和边疆地的布莱斯·

卡伦伯爵，接着又与白发苍苍的巴利斯坦·赛尔弥展开激战，巴利斯坦爵士前两回合均击败了比自己年轻三四十岁的对手。

桑铎·克里冈和他巨人般的哥哥"魔山"格雷果爵士同样是无人能挡，他俩刚猛地击败一个又一个对手。当天最恐怖的事便发生在格雷果爵士第二次出场时，只见他的长枪上翘，正中一名来自艾林谷的年轻骑士护喉甲下，因为力道过猛，长枪直穿咽喉，对方当即毙命。年轻骑士摔在离珊莎座位不到十英尺的地方，他的脖子被格雷果爵士的枪尖刺断，鲜血随着越来越衰弱的脉搏向外汩汩流出。他的铠甲晶亮崭新，在日光的照耀下，他向外伸张的双臂上仿佛闪着两条明亮的火焰。然后云层遮住太阳，火焰就没了影子。他的披风是夏日晴空的天蓝色，上面绣着道道新月，但鲜血渗透，披风颜色转暗，上面的月亮也一个接一个变得血红。

珍妮·普尔歇斯底里地号啕大哭，茉丹修女不得已只好先把她带开，让她镇静下来。珊莎坐在原位，两手交叉，放在膝上，看得入魔似的。这是她第一次目睹有人丧命。她觉得自己也该哭的，但眼泪就是掉不下来。或许她已经为淑女和布兰哭干了眼泪吧，她对自己说，要是换成乔里或罗德利克爵士，或者是父亲的话，就不会这样了。这名年轻的蓝袍骑士跟她毫无关系，只不过是个来自艾林谷的陌生人，他的名字从她左耳进右耳出。珊莎突然明白，现在全世界也将和她一样，永远地遗忘他的名字，也不会有人谱曲歌颂他了。多么令人伤感。

随后他们抬走尸体，一个男孩带着铲子跑进场内，铲起泥土盖住他跌落的地方，遮掉血迹。比武又继续进行。

接下来，巴隆·史文爵士也被格雷果打下马，蓝礼公爵则输给了猎狗。蓝礼被狠狠地击中，几乎是从战马上往后平飞。他的头"咣"的一声砸在了地上，引得观众倒抽一口凉气，还好只是压断了头盔上的一根金鹿角。当蓝礼公爵爬起来时，全场疯狂地为他欢呼，只因劳勃国王的幼弟向来很受群众喜爱。他优雅地鞠个躬，将那根断掉的鹿角递给胜利者。猎狗哼了一声，把断角抛进观众席，老百姓立刻为了那点金子争得你死我活，直到最后蓝礼大人走进群众里安抚，方才恢复秩序。这时茉丹修女也回来了，却是独自一人。她解释说珍妮身体不适，已被护送回城堡休息。珊莎几乎都忘记珍妮了。

稍后，一位穿格纹披风的雇佣骑士不小心杀了贝里·唐德利恩的坐骑，被判出局。贝里伯爵换了匹马，随即被密尔的索罗斯打了下来。艾伦·桑塔加爵士和罗索·布伦交手三次均难分伯仲，连国王也无法判定，艾伦爵士后来被杰森·梅利斯特伯爵击败，布伦则输给约恩·罗伊斯的年轻儿子罗拔。

最后场内只剩下四人：猎狗和他的怪物哥哥格雷果，弑君者詹姆·兰尼斯特，以及有"百花骑士"之誉的少年洛拉斯·提利尔爵士。

洛拉斯爵士是高庭公爵、南境守护梅斯·提利尔的小儿子，年方十六，是场上年纪最小的骑士，然而当天早上他三进三出，便击败了三个御林铁卫。珊莎从未见过如此俊美的人儿。他的铠甲经过精心雕琢，上面的瓷釉包含着千束不同的花朵，他的雪白坐骑则覆以红毛毯和白玫瑰。每次得胜，洛拉斯爵士便会摘下头盔，从红毯上取下一朵白玫瑰，抛给群众里的某位美丽姑娘。

当天他最后一场决斗对上了罗伊斯兄弟里的弟弟。罗拔爵士的家传符咒似乎也抵挡不了洛拉斯爵士的英勇，百花骑士把他的盾牌刺成两半，将他打下马鞍，轰地一声惨摔在泥地上。罗拔躺在地上呻吟，胜利者则绕场接受欢呼。后来定是有人叫了担架，把头晕眼花、动弹不得的罗拔抬回营帐，然而珊莎根本没看到，她的视线全聚集在洛拉斯爵士身上。当他的白马停在她面前时，她只觉自己的心房都要炸开了。

他给了其他女孩白玫瑰，摘给她的却是朵红玫瑰。"亲爱的小姐，"他说，"再伟大的胜利也不及你一半美丽。"珊莎羞怯地接过花，整个人被他的英姿俘虏了。他有一丛慵懒的棕色鬈发，眼睛像是融化的黄金。她深吸玫瑰甜美的香气，直到洛拉斯爵士策马离开了许久，她还紧握着它不放。

当她再度抬头，却见一名男子正在她前面盯着她看。他个子很矮，一撮尖胡子，发际有几丝银白，年纪和她父亲差不多。"你一定是她的女儿。"他对她说，嘴角虽然泛起笑意，那双灰绿色的眼睛却没有笑。"你有徒利家的容貌。"

"我是珊莎·史塔克，"她不安地说。那名男子穿着绒毛领口的厚重斗篷，用一只银色反舌鸟系住，他有着自然典雅的贵族气派，但她却不认得他。"大人，我还没有认识您的荣幸。"

茉丹修女连忙来解围。"好孩子，这是培提尔·贝里席伯爵，御前会议的重臣。"

"令堂曾是我心目中最美的王后。"男子轻声说。他的呼气有薄荷的味道。"你有跟她一样的头发。"他伸手抚弄她的一撮红褐发束，指尖拂过她的脸颊。突然他转过身走开去了。

这时月亮早已升起，人们也累了，于是国王宣布最后三场比试将等到明天早上，在团体比武前举行。群众渐渐散去，一边讨论着当日的比武盛事和隔天的重头好戏，廷臣要员们则前往河边用餐。六头大得惊人的牦牛在烤肉铁叉上缓缓转动，已经烤了好几个小时，旁边的厨房小弟忙着涂抹奶油和草药，直到肉烤得香香酥酥，油脂四溢。帐篷外搭起大餐桌和长椅，桌上的甜菜、草莓和刚出炉的面包堆得老高。

丹尼尔是这样描述改编过程的：

比武大会的场景有几个特别具有挑战性的方面。首先，这个场景如此吸引人，就像维斯特洛的奥林匹克运动会，不仅有壮观的场面、华丽的表演和比武技巧，还有鲜血、死亡和恐惧。弄清楚整个比武大会的规模，意味着将整个场景从故事里分离出来，之后，我们就得跟着艺术的感觉走。然而同时，许多故事都发生在这个场景。来自谷地的修夫爵士之死是艾德故事线中至关重要的一环，珊莎、洛拉斯爵士和小指头在这个场景中也各有关键的角色时刻。这场戏中重要情节的密度之高是惊人的。

另外，我们为这一章确定的情节规划中，顺序和小说中的正相反。小说中，凯特琳抓捕提利昂在先，比武大会在后。而这里，我们先描绘了比武大会的剧情，从而使得提利昂被数十把出鞘的长剑包围的戏剧性场景成了这一章的结尾。修改剧情顺序还有另外一个好处：它流畅地衔接了上一册图像小说的结尾（艾德在想，为什么得知劳勃私生子的身份会重要到惹来杀身之祸）和这一册的开头（谷地的修夫爵士因此而死）。当我们把两部图像小说连起来看时，这个好处就尤其明显。这样的衔接非常巧妙，所以如果不仔细琢磨原作顺序的种种原因，你就根本不会发现改动之后的顺序在逻辑上是行不通的。

下面是丹尼尔的改编初稿：

权力的游戏 剧本
第九章

剧本：丹尼尔·阿伯拉罕
原著：乔治·R.R.马丁

第1页

色彩画师注意：第1页到第12页的所有旁白应该用珊莎对应的配色，请与之前的章节保持一致。

第1格：
一小格。修夫爵士的近距离特写，他是琼恩·艾林的前侍从，刚被册封为骑士。他躺着，直直向上看着我们。他穿着全套铠甲，戴着露出脸部的头盔（全都晶亮崭新）。他的领子是天蓝色的，绣着道道新月，还未被鲜血浸湿。在护喉甲本该保护的地方，他的脖子被戳出一个缺口，插着断裂的枪尖。画面拉得非常近，我们能看到他奄奄一息，鲜血正汨汨流出。

修夫：
咳咳咳

第2格：
镜头稍微往回拉了一点，修夫爵士躺在长枪比武场地上，在自己的血泊里死去。我们看不到整个比武场，但能看到两三个人站在修夫爵士旁边。其中一个是格雷果·克里冈——会走路的魔山，之前我们已经在故事中介绍过他了。他也穿戴全套铠甲，巨手里拿着断了尖的长枪。修夫爵士的长枪躺在草地上。背景的场地中还站着一匹披着铠甲的马。

修夫：
啊……咳……
修夫：……

第3格：
一大格。镜头拉得更远了一些，整个比武场都呈现在我们面前，巨大的比武场景，至少有十几场比武在同时进行，宽阔的营地已经被清理干净，等着即将举行的团体比武，还有搭起的大小帐篷。旗帜在风中飘扬。在背景中，我们能看到有另外两个骑士在比武。

人群中也有不少平民，人头攒动。近景处，珊莎和珍妮·普尔、茉丹修女坐在一起，正在和贵族男女们一起观看比赛。珊莎穿着一件绿色的礼服，正好衬托她（棕红色）的头发。珍妮移开了视线，她用手捂住了自己的嘴巴，显得很害怕。珊莎的仪态则显得冷静。场面要画得尽量壮观。

旁白：珊莎跟茉丹修女和珍妮·普尔出席了首相的比武大会。她们看着千百首歌谣里唱到的英雄跃然眼前，一个比一个英姿焕发。

旁白：当天最恐怖的事便发生在格雷果·克里冈爵士第二次出场时。只见他的长枪上翘，正中一名来自艾林谷的年轻骑士的护喉甲下。这是珊莎第一次目睹别人丧命。她觉得自己应该哭的，但眼泪就是掉不下来。

旁白：她跟自己说，要是换成乔里或罗德利克爵士，或者是父亲的话，就不会这样了。而这个从艾林谷来的陌生人跟她毫无关系。现在全世界将永远地遗忘他的名字。不会有人谱曲歌颂他了。

第2页

第2页和第3页的注意事项：这里是整场比武大会的亮点部分。我们会看到众多比武场面，同时，我们也会在比武中看到许多正在发生的事。

第1格：
詹姆·兰尼斯特骑在一匹白色的巨大战马上。他身着一袭金色战甲，肩披御林铁卫披风，手执闪着寒光的长矛。他英姿焕发，但对周围发生的一切显得漠不关心。

旁白："弑君者"战绩辉煌。他如骑马表演般轻取了安达·罗伊斯爵士和边疆地的布莱斯·卡伦伯爵，接着又与巴利斯坦·赛尔弥展开激战。

第2格：
"猎狗"桑铎·克里冈迎战蓝礼·拜拉席恩。蓝礼头戴有金鹿角的头盔，身着全套铠甲，但还是被猎狗击落下战马。

旁白：蓝礼爵士则输给了猎狗，他被狠狠击中，几乎是从战马上飞了下去。他的头"咣"的一声砸在了地上，引得观众倒抽一口凉气，还好只是压断了头盔上的一根金鹿角。

第3格：
一个能看到整个比武场的俯瞰镜头，相比场面的宏大尺度和范围所带来的震撼，细节已经不那么重要了。至少有好几场激战散落比武场各个角落。成群的观众包围了整个比武场。当然，平民们的座位是与皇室观战座位所分开的。

旁白：稍后，一位穿格纹披风的雇佣骑士杀了贝里·唐德利恩的坐骑，不光彩地被判出局。贝里伯爵换了匹马，随即被密尔的战僧索罗斯打了下来。

旁白：艾伦·桑塔加爵士和罗索·布伦交手三次都难分伯仲。艾伦爵士后来被杰森·梅利斯特伯爵击败，布伦则输给了约恩·罗伊斯的年轻儿子罗拔。

第4格：
这是个展示"百花骑士"洛拉斯·提利尔爵士的镜头。他看起来几乎不属于比武大会，像是一幅画。他应该直视观众的，有点腼腆，铠甲上的瓷釉绽放着经过精心雕琢的千百支花朵。他的长发是棕色的，看起来非常柔顺。他很美，像是少男少女的集合体。

旁白：最后场内只剩下四人：猎狗和他的怪物哥哥格雷果，弑君者——

旁白：以及有"百花骑士"之称的洛拉斯·提利尔。

第3页

第1格：
一个傍晚的场景。月亮正从地平线升起，天空是黄昏的紫色。珊莎坐在之前我们看到她的地方，越过她的肩膀，我们能看到比武场的赛道。洛拉斯·提利尔爵士骑着马，他刚取得一场胜利，正在向人群挥手致意。他的坐骑披着满是装着红玫瑰和白玫瑰的毛毯。场地上的另一位骑士（罗拔·罗伊斯）身穿雕着可怕符咒的青铜铠甲，他的侍从正赶来扶他坐起来。

旁白：每次得胜，洛拉斯爵士便会摘下头盔，在围栏边慢速骑行，然后拿出一朵白玫瑰，抛给群众里的某位美丽姑娘。

旁白：当天他最后一场决斗对上了罗伊斯兄弟里的弟弟。然而珊莎的视线全聚集在洛拉斯爵士身上。

第2格：
骑着马的洛拉斯爵士在珊莎面前停下。他温柔地俯视她。珊莎看着他，满溢敬仰之情。场景仍然是入夜时分。

旁白：当他的白马停在她面前时，她只觉自己的心房都快要炸开。

洛拉斯：
亲爱的小姐，再伟大的胜利也不及您一半美丽。

第3格：
珊莎的特写。她低头看着自己小心合拢的手，因为里面放着洛拉斯爵士送给她的一支红玫瑰。

旁白：他给其他女孩的是白玫瑰。

旁白：她深吸玫瑰甜美的香气，直到洛拉斯爵士策马离开了许久，她还紧握着它不放。

第4格：
近景处，珊莎望向比武场地。小指头站在她身后，看着她。

小指头：
你一定是徒利家的女儿。你有徒利家的容貌。

第5格：
珊莎的特写，她转过身，看起来很困惑。

珊莎：
我是珊莎·史塔克。大人，我还没有认识您的荣幸。

第4页

第1格：
茉丹修女正和珊莎交谈，小指头站在他们身后。他的嘴角虽然泛起笑意，眼睛却没有
笑。

茉丹：
好孩子，这是培提尔·贝里席伯爵，御前会议的重臣。

第2格：
小指头用指尖摸了摸珊莎的红玫瑰。

小指头：
令堂曾是我心目中爱与美的皇后。

小指头：
你遗传了她的头发。

第3格：
宽格。画面左边，珊莎和茉丹修女、珍妮·普尔在一起，手里还拿着那朵红玫瑰。画
面中央，一轮明月正从地平线升起。画面右边，小指头正离开。

第4格：
又是一个大场景。画面中，一个华美的大型宴会正在河边举办。六头大得惊人的牦牛
在烤肉铁叉上缓缓转动。桌子摆得满满的，几十个骑士和贵族穿梭于宴会中。国王和
瑟曦坐在高位上。一个杂耍艺人正在展示扔火把。

旁白：这时月亮早已升起，于是国王宣布最后三场比试将等到明天早上，在团体比武
前举行。群众渐渐散去，廷臣要员们则前往河边用餐。

　　最终，丹尼尔和我发现，以比武大会开始，由提利昂的故事结束是行不通的。因为
所有帮助凯特琳擒获提利昂的骑士都正在赶去随后要进行的比武大会的路上。无论我
们怎么解释改编的原因，都无法让人信服。所以，在修改纲要时，我把故事重新改回
了原来的顺序。我还建议将这一章原来的最终页，即绑获提利昂的整页画面替换成展
现比武大会的整页画面，因为这是整章中最壮观的场景。而且将瓦里斯在艾德的故事
中说的最后一句台词作为本章的结束，会有非常棒的效果。

这是一张我重新排序并且做过注释之后的剧本：

第6页

色彩画师注意：从第6页到第17页的所有旁白应该使用珊莎的配色，请与之前的章节进行校对。

第1格：
一大格。场景的左边是王室座位区，角度足够让我们看到几张皇室成员的面孔。画面的中央是珊莎，她和珍妮·普尔、茉丹修女一起坐在列席的领主和夫人们中间，观看比武大赛。珊莎穿着一件绿色的礼服，正好衬托她（棕红色）的头发。珍妮移开了视线，她用手捂住了自己的嘴巴，显得很害怕。珊莎的仪态则显得冷静。

也许我们该把整个场景画成俯视镜头，然后把珊莎坐在看台上的场景放到第七页的第3格？关于这个问题我来回纠结了很久，因为要将珊莎的表情和她所看到的比武场景同时表现出来，可能比较难。或许最好的表现方式是先用一个大俯视场景，再跟上一个格子来表现珊莎观看比赛，画出看台场景。

镜头从看台伸展开来，我们看到一片广阔的比赛场地在我们面前横铺开来。巨大的比武场景，至少有十几场比武在同时进行，宽阔的营地已经被清理干净，等着即将举行的团体比武，还有搭起的大小帐篷。旗帜在风中飘扬。成群的观众挤满了整个比武场看台，当然，平民们的座位是与王室分开的。

乔治认为，HBO电视剧版中对首相比武大会的规模表现不足，所以我们要尽量展示比武大会的恢宏壮观。

旁白：珊莎跟茉丹修女和珍妮·普尔出席了首相的比武大会。这里比歌谣里唱的还棒。
旁白：她们看着千百首歌谣里唱到的英雄跃然眼前，一个比一个英姿焕发。

我把"千百首"加粗了，以削弱"歌谣"重复出现带来的不适感。

第7页

第7页至第9页的注意事项：最后几场比赛是整场比武大会的亮点部分。我们会看到众多比武场面，同时，我们也会在比武中看到许多正在发生的事。这能让读者感觉到，这些都是某个更大的事件中的一部分。

第1格：
詹姆·兰尼斯特骑在一匹白色的巨大战马上。他身着一袭金色战甲，肩披御林铁卫披风，手执闪着寒光的长矛。他英姿焕发，但对周围发生的一切显得漠不关心。

旁白："弑君者"战绩辉煌。他如骑马表演般轻取了安达·罗伊斯爵士和边疆地的布莱斯·卡伦伯爵，接着又与巴利斯坦·赛尔弥展开激战。

第2格：
"猎狗"桑铎·克里冈迎战蓝礼·拜拉席恩。蓝礼头戴有金鹿角的头盔，身着全套铠甲，但还是被猎狗击落战马。

旁白：蓝礼爵士则输给了猎狗，他被狠狠击中，几乎是从战马上飞了下去。他的头"咣"的一声砸在了地上，引得观众倒抽一口凉气，还好只是压断了头盔上的一根金鹿角。

第3格：
一个能看到整个比武场的俯瞰镜头，相比场面的宏大尺度和范围所带来的震撼，细节已经不那么重要了。上一格中，我们看到的是珊莎所见的精彩比赛。这一格我们则纵观全场——所有之前提到过的决斗赛道、团体比武区、帐篷和人群。

这里可能也需要修改。或许这儿应该是珊莎、珍妮和修女的正面镜头……或者我们可以把第六页改成珊莎的视角，展示詹姆、蓝礼/猎狗，然后把第七页做成一大格俯瞰镜头。大家一起讨论讨论吧。现在我最喜欢上面这个最新的想法！

旁白：稍后，一位穿格纹披风的雇佣骑士杀了贝里·唐德利恩的坐骑，不光彩地被判出局。贝里伯爵换了匹马，随即被密尔的战僧索罗斯打了下来。

旁白：艾伦·桑塔加爵士和罗索·布伦交手三次都难分伯仲。艾伦爵士后来被杰森·梅利斯特伯爵击败，布伦则输给了约恩·罗伊斯的年轻儿子罗拔。

第8页

第1格：

修夫爵士的近距离特写，他是琼恩·艾林的前侍从，刚被册封为骑士。他躺着，直直向上看着我们。他穿着全套铠甲，戴着露出脸部的头盔（全都晶亮崭新）。他的领子是天蓝色的，绣着道道新月，还未被鲜血浸湿。在护喉甲本该保护的地方，他的脖子被戳出一个缺口，插着断裂的枪尖。画面拉得非常近，我们能看到他奄奄一息，鲜血正汩汩流出。

我删了修夫咳血的拟声词，因为看起来有点傻。我想画面本身已经表达得够清楚了。

旁白：当天最恐怖的事便发生在格雷果·克里冈爵士第二次出场时。只见他的长枪上翘，正中一名来自艾林谷的年轻骑士的护喉甲下。
旁白：这是珊莎第一次目睹别人丧命。她觉得自己应该哭的，但眼泪就是掉不下来。

第2格：

镜头稍微往回拉了一点，修夫爵士躺在长枪比武场地上，在自己的血泊里死去。我们看不到整个比武场，但能看到两三个人站在修夫爵士旁边。其中一个是格雷果·克里冈——会走路的魔山 ==之前我们已经在故事中介绍过他了。== 他也穿戴全套铠甲，巨手里拿着断了尖的长枪。修夫爵士的长枪躺在草地上。背景的场地中还站着一匹披着铠甲的马。

不，我们还没有介绍过。这是他首次登场，所以我们加一点对他的描述吧。

旁白：她跟自己说，要是换成乔里或罗德利克爵士，或者是父亲的话，就不会这样了。而这个从艾林谷来的陌生人跟她毫无关系。现在全世界将永远地遗忘他的名字。不会有人谱曲歌颂他了。

第3格：

这是个展示"百花骑士"洛拉斯·提利尔爵士的镜头。他看起来几乎不属于比武大会，像是一幅画。他应该是直视观众的，有点腼腆，铠甲上的瓷釉绽放着经过精心雕琢的千百支花朵。他的长发是棕色的，看起来非常柔顺。他很美，像是少男少女的集合体。

外形描述再写得清楚一点，方便色彩画师创作。比如头发、眼睛、盔甲看起来到底是怎么样的……

旁白：最后场内只剩下四人：猎狗和他的怪物哥哥格雷果，弑君者——

旁白：以及有"百花骑士"之称的洛拉斯·提利尔。

第9页

第1格：
一个傍晚的场景。月亮正从地平线升起，天空是黄昏的紫色。珊莎坐在之前我们看到她的地方，越过她的肩膀，我们能看到比武场的赛道。洛拉斯·提利尔爵士骑着马，他刚取得一场胜利，正在向人群挥手致意。他的坐骑披着满是装着红玫瑰和白玫瑰的毛毯。场地上的另一位骑士（罗拔·罗伊斯）身穿雕着可怕符咒的青铜铠甲，他的侍从正赶来扶他坐起来。

旁白：每次得胜，洛拉斯爵士便会摘下头盔，在围栏边慢速骑行，然后拿出一朵白玫瑰，抛给群众里的某位美丽姑娘。

旁白：当天他最后一场决斗对上了罗伊斯兄弟里的弟弟。然而珊莎的视线全聚集在洛拉斯爵士身上。

第2格：
骑着马的洛拉斯爵士在珊莎面前停下。他温柔地俯视她。珊莎看着他，满溢敬仰之情。场景仍然是入夜时分。

旁白：当他的白马停在她面前时，她只觉自己的心房都快要炸开。

洛拉斯：
亲爱的小姐，再伟大的胜利也不及您一半美丽。

第3格：
珊莎的特写。她低头看着自己小心合拢的手，因为里面放着洛拉斯爵士送给她的一支红玫瑰。

旁白： 他给其他女孩的是白玫瑰。 *洛拉斯爵士*
旁白：她深吸玫瑰甜美的香气，直到他策马离开了许久，她还紧握着它不放。

第4格：
近景处，珊莎望向比武场地。小指头站在她身后，看着她。

小指头：
你一定是徒利家的女儿。你有徒利家的容貌。

第5格：
珊莎的特写，她转过身，看起来很困惑。

珊莎：
我是珊莎·史塔克。大人，我还没有认识您的荣幸。

第10页

第1格：
茉丹修女正和珊莎交谈，小指头站在他们身后。他的嘴角虽然泛起笑意，眼睛却没有笑。

茉丹：
好孩子，这是培提尔·贝里席伯爵，御前会议的重臣。

第2格：
小指头用指尖摸了摸珊莎的红玫瑰。

我们是不是该让小指头直接摸她的头发？这样看起来有点让人害怕，同时也更亲密。

小指头：
令堂曾是我心目中最美的王后。

小指头：
你有跟她一样的头发。

第3格：
宽格。画面左边，珊莎和茉丹修女、珍妮·普尔在一起，手里还拿着那朵红玫瑰。画面中央，一轮明月正从地平线升起。画面右边，小指头正离开。

第4格：
又是一个大场景。画面中，一个华美的大型宴会正在河边举办。六头大得惊人的牦牛在烤肉铁叉上缓缓转动。桌子摆得满满的，几十个骑士和贵族穿梭于宴会中。国王和瑟曦坐在高位上。一个杂耍艺人正在展示扔火把。

旁白：这时月亮早已升起，于是国王宣布最后三场比试将等到明天早上，在团体比武前举行。群众渐渐散去，廷臣要员们则前往河边用餐。

如你所见，我们反复讨论到底该把哪个场景画成整页画面，最后决定先从展示全场的鸟瞰镜头开始，再逐个深入。

丹尼尔另外加上的评论：

重新排序完成之后，我们就没有了最开始修夫爵士的剧情过渡，取而代之，比武大会顺其自然地开始了。我们也得以用一整页展示比武大会的全貌，回想起来，这的确很有必要。我们没在修夫爵士之死上花太多笔墨，就算这样，我也觉得没什么不好。

就像故事里说的那样，没有人会去谱曲歌颂他。

剧本的最终稿才呈现出如你看到的样子。

现在剧本到了汤米手里，到了他施展魔力的时候了。汤米是这样描述的：

在画这本书的时候，我发现自己不得不更多地将注意力放在更好的描绘表情上，因为迄今为止我处理的大部分内容都是对话。所以，当一个动作场面出现的时候，我就激动不已，迫不及待地投入创作。

像以往一样，我唯一要担心的就是时间。我足足花了两个月时间才完成这一章，这样说也许你就有个概念了。大多数页面平均有10到15个人物。而这个场景……好吧……试着数数在第6页上有多少人物，我打赌不等数完你就放弃了！

画骑在马上的骑士很有趣。那确实很简单。然而每一页上都有密密麻麻的人群作为背景，还有一些战斗的场面。另一个挑战则是，不能过于遵循物理规则，那样会让这个场景看起来像是钢铁侠。

第一页是最困难的，想要同时展示大场景和动作。我不想让这一页看起来像是《威利在哪里》的海报。我也依照画友的建议，尝试了一些新的绘画理念。在这一页中，有人跌落马下，这一场面虽然很好，但却没有特别吸引眼球。这一次我尝试把人群分组，从顶端开始，顺着逆时针的方向，最后又回到顶端。我希望落马的场面看起来只是比武大会的一部分。

另一处让我自豪的是第9页的第2格。我最初画的那张珊莎的脸实在可怕。作为一个画家，你很难在画的时候去判断自己的作品最后是怎样，所以如果你感觉到不对，一定不要忽视这个感觉。我的技巧就是在上床前看一眼所画的页面。如果我不满意，就毫不犹豫地删掉它，然后第二天一睁眼就重画它。我觉得如今这张脸是我画过的最美的一张。对于怎样才是最好的，我很少参考别人的意见。

这是最初的构图。对于这一阶段，汤米是这么说的：

　　我没法把构图阶段所有想法的来龙去脉都描述出来。我要尽可能把故事讲清楚，同时又要兼顾这个史诗般故事的深度。得谢谢丹尼尔，他做了第一轮的凝练缩写。我能想象他在脑海中的激烈斗争，决定保留哪一部分而舍弃哪些。

　　当我拿到剧本的时候，最难的部分已经完成了。他已经替我明确了方向。而我则通过进一步压缩这个故事来完善这项工作。漫画艺术的精妙之处在于，你可以一次看到一整页，所以，如果故事是线性的，那么和电影不同，你可以同时看到刚刚发生的事情和将要发生的事情。这样我就不必在每一格都画成百上千的人了，我可以拉近焦距对准某些人而不会失去场景和基调。由于丹尼尔和安妮拥有最终的决定权，我花了好几期的时间才下决心用自己的方式来参与这个过程。在每一集的创作过程中，我逐渐摸索出了自己独有的风格。随着故事的进展，读者会被越来越深地吸引住，这不仅仅是故事本身的功劳，也是我们这个创造性的团队的成果。

关于这个构图，丹尼尔和我只有一个建议，那就是：

我们有点担心这个完全自上而下的比武大会视角。把视点放在正上方会不会让这一切看起来像是个现代的运动场？所以我们建议保持俯瞰的视点，但是把视角降低到30到45度之间，让这个场景看起来广阔、暴力、带有文艺复兴气息。而在画竞技场的时候，要让马从两端奔腾出画。也就是说，其中一些马应该最终在透视点相遇。

就这些了。我们非常期待看到你的比武大会的细节！

汤米最初的线稿是这样的：

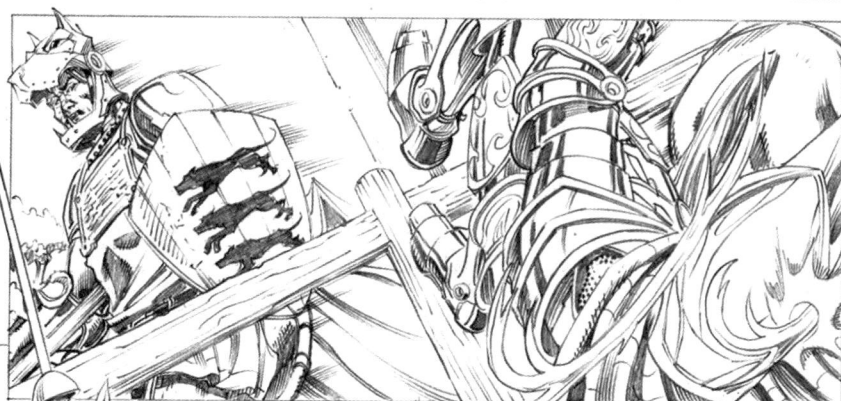

汤米说：

因为思考的过程已经在构图时完成了，所以最终的线稿，比如下面这幅，就只需要信马由缰交给铅笔自己去完成了。这时最初的绘画冲动被一点点发泄出来。如果你在构图的阶段就解决了问题，铅笔就会接管剩下的工作。

除了不断地称赞"太好了！棒极了！完美！"以外，我们的一点点建议就是去掉第7页第3格中贝里·唐德利恩斗篷上的格子图案，以及在第10页第3格把玫瑰从珍妮手上换到珊莎手上。

下面就是修正后的那两格画面：

在修正了那两格画之后，Dynamite的杰森·乌尔梅耶和乔·雷邦特就接过了缰绳，他们与天赋卓绝的伊万·努涅斯和马歇尔·狄龙合作，进行上色和填字的工作。杰森是这样描述这一过程的：

在拿到最终的线稿后，我们的编辑乔·雷邦特就来和我们一起讨论，让我知道它们是不是适合开始上色和填字，并建议马歇尔和伊万一起研究这些画稿。

在线稿通过之后，我收到了雇佣合同，类似汤米这种水准的画作，我们就直接进行上色的工作。我负责在必要的地方对线稿进行一些明暗的调整和清理。我很幸运，汤米的画稿非常干净，所以除了做一些必要的明暗调整之外，我没有太多的事情要做。在这一步完成之后，我确认每一页的尺寸和比例都合适，然后伊万和马歇尔就在这些印刷尺寸的文件上开始工作。这样，在上色和填字的工作完成后，几乎不需要什么调整就可以装订成最后的漫画书了。这使得我们可以在最终出版之前省去一些时间。

最重要的是，马歇尔和伊万让我们的工作变得十分简单，几乎很少会需要对文字或色彩进行改动。最初的填字是在线稿上进行的——我发现这样我就能更专注于新加上的内容而不被色彩所干扰。（这也就意味着，与此同时，伊万正忙着施展他的魔法。）

SANSA HAD ATTENDED THE HAND'S TOURNEY WITH SEPTA MORDANE AND JEYNE POOLE, AND IT HAD BEEN BETTER THAN THE SONGS.

THEY WATCHED THE HEROES OF A HUNDRED SONGS RIDE FORTH, EACH MORE FABULOUS THAN THE LAST.

THE KINGSLAYER RODE BRILLIANTLY. HE OVERTHREW SER ANDAR ROYCE AND MARCHER LORD BRYCE CARON AS EASILY AS IF HE WERE RIDING AT RINGS, THEN TOOK A HARD-FOUGHT MATCH FROM BARRISTAN SELMY.

SER RENLY FELL TO THE HOUND WITH SUCH VIOLENCE HE SEEMED TO FLY OFF HIS HORSE. HIS HEAD HIT THE GROUND WITH AN AUDIBLE CRACK THAT MADE THE CROWD GASP, BUT IT WAS ONLY ONE GOLDEN ANTLER ON HIS HELM SNAPPING OFF.

LATER, A HEDGE KNIGHT IN A CHEQUERED CLOAK DISGRACED HIMSELF BY KILLING BERIC DONDARRION'S HORSE AND WAS DECLARED FORFEIT. LORD BERIC PUT HIS SADDLE TO A NEW MOUNT AND WAS PROMPTLY KNOCKED OFF IT BY THE WARRIOR PRIEST THOROS OF MOUNT.

SER ARON SANTAGAR AND LOTHOR BRUME TILTED THRICE WITHOUT RESULT. SER ARON FELL AFTERWARD TO LORD JASON MALLISTER, AND BRUNE TO YOHN ROYCE'S YOUNGER SON ROBAR.

THE MOST TERRIFYING MOMENT OF THE DAY CAME DURING SER GREGOR CLEGANE'S SECOND JOUST WHEN THE POINT OF HIS LANCE RODE UP AND STRUCK A YOUNG KNIGHT FROM THE VALE UNDER THE GORGET.

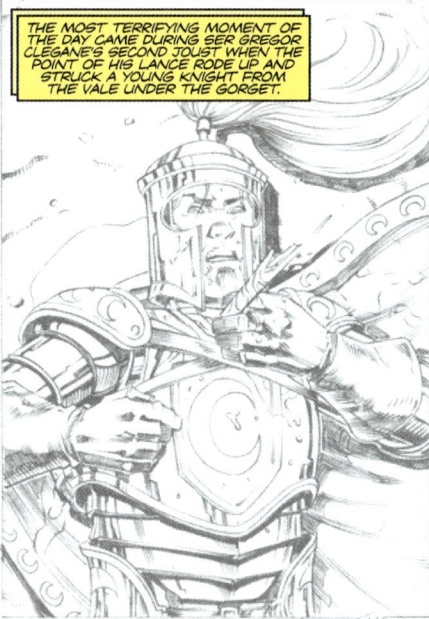

SANSA HAD NEVER SEEN A MAN DIE. SHE OUGHT TO HAVE BEEN CRYING, BUT THE TEARS WOULD NOT COME.

IT WOULD HAVE BEEN DIFFERENT IF IT HAD BEEN JORY OR SER RODRIK OR FATHER, SHE TOLD HERSELF. THIS YOUNG STRANGER FROM THE VALE OF ARRYN WAS NOTHING TO HER.

THE WORLD WOULD FORGET HIS NAME NOW. THERE WOULD BE NO SONGS SUNG FOR HIM.

IN THE END IT CAME TO FOUR: THE HOUND AND HIS MONSTROUS BROTHER GREGOR, THE KINGSLAYER...

...AND LORAS TYRELL, THE KNIGHT OF FLOWERS.

218

AFTER EACH VICTORY, SER LORAS WOULD REMOVE HIS HELM, RIDE SLOWLY AROUND THE FENCE, AND FINALLY PLUCK A WHITE ROSE AND THROW IT TO SOME FAIR MAIDEN IN THE CROWD.

WHEN HIS WHITE MARE STOPPED IN FRONT OF HER, SHE THOUGHT HER HEART WOULD BURST.

SWEET LADY, NO VICTORY IS HALF SO BEAUTIFUL AS YOU.

HIS LAST MATCH OF THE DAY WAS AGAINST THE YOUNGER SER ROYCE, BUT SANSA'S EYES WERE ONLY FOR SER LORAS.

TO THE OTHER MAIDENS, HE HAD GIVEN WHITE ROSES.

SHE INHALED ITS SWEET FRAGRANCE AND SAT CLUTCHING IT LONG AFTER SER LORAS HAD RIDDEN OFF.

YOU MUST BE ONE OF HER DAUGHTERS. YOU HAVE THE TULLY LOOK.

I'M SANSA STARK. I HAVE NOT HAD THE HONOR, MY LORD.

到了这一阶段，我们的主要工作就是寻找丹尼尔和我在被剧本弄得精疲力尽之后所忽略的错误。敏锐的读者可能已经发现了在第7页的最终剧本上由于自动更正所造成的错误，而丹尼尔和我在填字完成之前都没能发现这个错误。如果你知道本来应该是怎样，就很容易忽略拼写错误。但是换一种情境的时候，这些错误就能够显现出来。我们就是这样发现"密尔的索罗斯"被错写成了"马上的索罗斯"，然后纠正了这个错误。

除此之外，我们对填字仅有的一处改动就是，在第10页第2格，把培提尔的一句话分成两个对话框，以形成一个让珊莎感到害怕的停顿。通常在剧本里，丹尼尔和我会把某个角色的台词截成两个或更多的片段——一方面是为了减少一个对话框里文字的数量，另一方面也是为了表示停顿或谈话对象的转变。有时在剧本里我们会特别指明在哪里把一段话分成两个对话框，以此表示很长的停顿，不过大多数情况下，我们信任马歇尔，让他去处理这种微妙的平衡，既能保持台词的戏剧性，又不挡住画面。而他做得非常好。

而有时，比如在这个例子里，之前我们并没有觉得这里有必要停顿，但是配上画面之后突然就觉得有必要了。而通过把这段话分为两句，我们在这一格画面、这一时刻中加入了更多的情感。

至于上色，伊万完美的工作几乎不需要修正。对于比武大会的场景，我们完全无话可说，下面就是上色完成后的效果。

在这一期中，我们唯一一次对色彩提出建议，是出于纹章学的原因。这个问题出现在提利昂那一幕里。一开始，布雷肯的纹章被画成了灰褐色底子上的红色种马，而不是褐色底子。此外，佛雷家纹章的颜色搞反了，被画成了蓝色底上的银灰色城堡。我们修正了这些错误。

杰森·乌尔梅耶补充说：

　　一旦我们审核、修正了上色的画稿，我们就删掉旧版本，以确保最后装订成书的时候不会出错。然后，等上色和填字都通过了审核，我们就装订样书，再次检查确保所有上色和填字都完美无瑕，最后浏览一遍样书，才送去印刷厂。

不到四周之后，成书就出现在仓库里，接着就被装订成最终的精装本。

那么还剩下最后一件事情。那就是为你们奉上第13话的特别预览！这是迈克·米勒的封面，还有提利昂的比武审判的开始几页……
好好享受！

在《权力的游戏》图像小说版的第三卷中，我们要看一看汤米为维斯特洛为数众多的人物所画的大量草稿。我有一个笔记本上面有汤米所创造的上百个角色的草稿——因为平均每一章要出现5个新的人物，而这些人物出现在图像小说的页面上之前，都要先经过乔治的确认。下一次我将与你们分享这些。

与此同时，我们希望你能够喜欢这套图像小说的第二卷，就像我们在创作的时候所感受到的那样。

——安妮·莱斯利·葛洛尔
兰登书屋主管编辑

我们希望你喜欢这些关于制作的幕后花絮，并和我们一起享受这场视觉之旅。

乔治·R.R.马丁

著名英语奇幻文学作家，多本小说登上《纽约时报》畅销榜榜首，其中包括广受称赞的《冰与火之歌》系列——《权力的游戏》《列王的纷争》《冰雨的风暴》《群鸦的盛宴》还有《魔龙的狂舞》。作为编剧兼制片人，他还创作了《阴阳魔界》《美女与野兽》和一些未上映的电影和剧集试播集。他与可爱的帕里斯一起住在新墨西哥州的圣菲。

丹尼尔·亚伯拉罕

是广受好评的奇幻小说《漫长的代价》四部曲以及《匕首与金币》的作者。他曾被提名雨果奖、星云奖和世界奇幻奖，并赢得过国际恐怖文学协会奖。他也用 M. L. N. 汉诺威和詹姆斯·S. A. 科里的笔名（与泰·弗兰克合作）进行创作。

汤米·帕特森

创作过 Boom! Studios 的《遥远星际》，Dynamite Entertainment 根据电影改编的《武士》，Zenescope Entertainment 的《仙境传说》中的《白夜》《红玫瑰》和《讽刺者》。

冰与火之歌：权力的游戏 2

产品经理｜张　越　　　　装帧设计｜broussaille 私制

营销经理｜鲁　畅　　　　内文设计｜马　娴　　佟雪莹

技术编辑｜丁占旭　刘世乐　责任印制｜刘　淼　　陈　杰

监　　制｜黄圆苑　　　　出 品 人｜于　桐

A GAME OF THRONES: The Graphic Novel: Volume Two

© George R.R. Martin, 2013

This translation published by arrangement with Bantam Books, an imprint of Random House, a division of Penguin Random House LLC

本中文简体版由果麦文化传媒股份有限公司版权引进。

著作权合同登记号：图字01-2019-3144

图书在版编目（CIP）数据

　　冰与火之歌. 权利的游戏. 2 / (美) 乔治·R.R.马丁著；屈畅，王晔，陈亦萱译；(美) 汤米·帕特森绘；(美) 丹尼尔·亚伯拉罕改编. -- 北京：中国华侨出版社，2019.7

　　ISBN 978-7-5113-7845-3

　　Ⅰ.①冰… Ⅱ.①乔… ②屈… ③王… ④陈… ⑤汤… ⑥丹… Ⅲ.①长篇小说－美国－现代 Ⅳ.①I712.45

　　中国版本图书馆CIP数据核字(2019)第082867号

冰与火之歌：权力的游戏2

著　　者：[美] 乔治·R.R.马丁（George R.R. Martin）

改　　编：[美] 丹尼尔·亚伯拉罕（Daniel Abraham）

绘　　画：[美] 汤米·帕特森（Tommy Patterson）

译　　者：屈　畅　王　晔　陈亦萱

责任编辑：滕　森　邓小兰　　　产品经理：张　越

装帧设计：broussaille私制　　　责任印制：刘　淼　陈　杰

经　　销：新华书店

开　　本：787mm*1092mm　1/16

印　　张：15

字　　数：146千字

印　　刷：北京盛通印刷股份有限公司

版　　次：2019年7月第1版　2019年7月第1次印刷

书　　号：ISBN 978-7-5113-7845-3

定　　价：124.00元

中国华侨出版社　　北京市朝阳区静安里 26 号通成达大厦 3 层　　邮编：100028

法律顾问：陈鹰律师事务所

发 行 部：(010)64013086　　　传真：(010)64018116

网　　址：www.oveaschin.com　　E-mail: oveaschin@sina.com